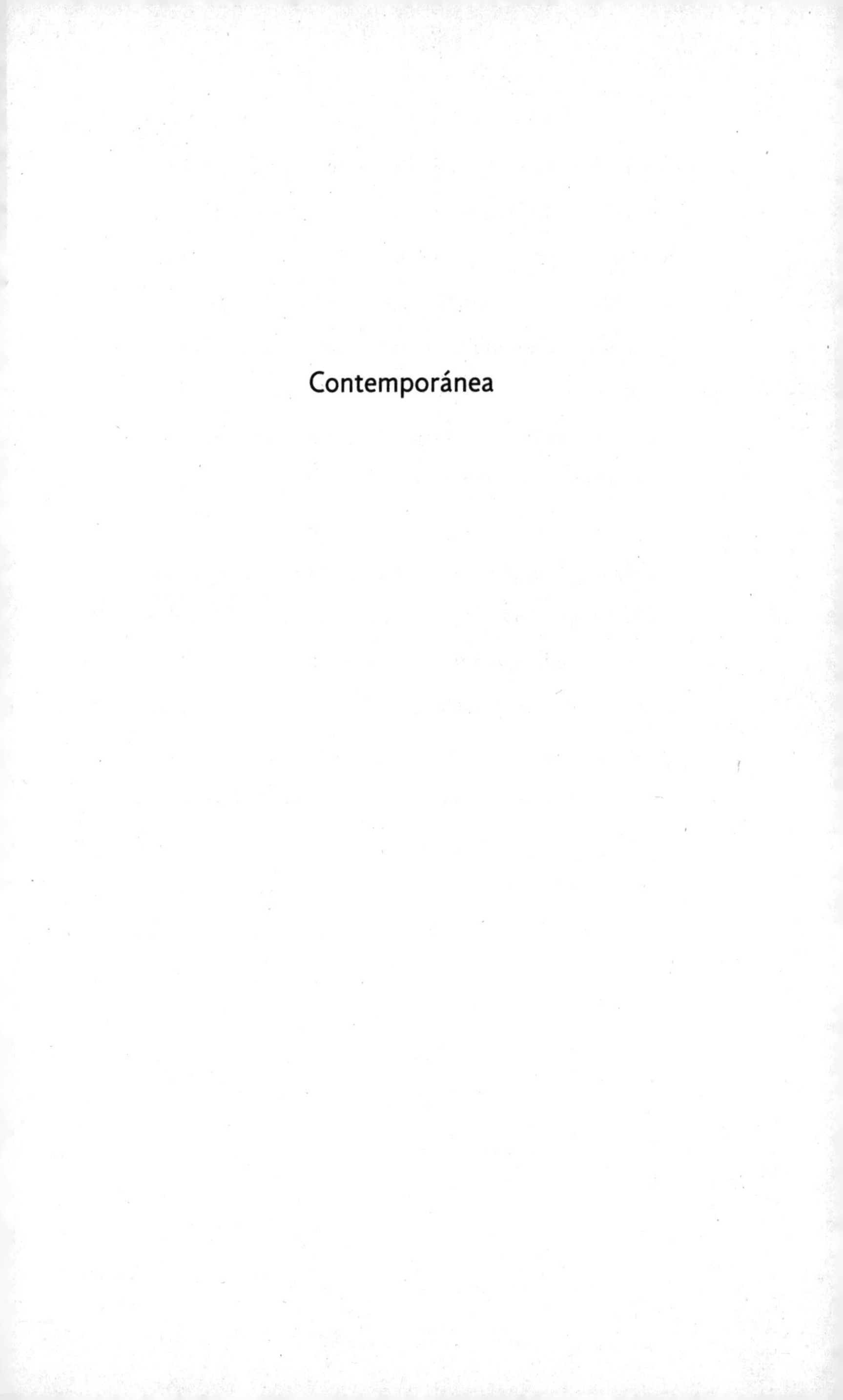

Contemporánea

James Baldwin (1924-1987) nació en Harlem, Nueva York, en el seno de una familia humilde. Siendo muy consciente de la pobreza de su familia, Baldwin supo desde muy pronto que su mente y su capacidad para la escritura eran lo único a lo que podía aferrarse. A los diecinueve años publicó su primera novela, *Ve y dilo a la montaña* (1953), con la que estrenó una fructífera y respetada carrera literaria. A partir de ese momento compaginó su faceta de novelista -con obras tan célebres como *Otro país* (1962) y *La habitación de Giovanni* (1956)- con su obra ensayística, a través de textos como *Nadie sabe mi nombre* (1961) o *La próxima vez el fuego* (1963). Baldwin plasmó en sus escritos su férreo compromiso con los derechos civiles, una causa a la que, junto con la literatura, dedicó su vida. Sus íntimas y contundentes exploraciones sobre la raza, el clasismo y la homosexualidad lo convirtieron en uno de los intelectuales más aclamados de su generación. James Baldwin murió en 1987 en Saint-Paul-de-Vence, Francia, donde vivió durante la mayor parte de su vida adulta.

James Baldwin

El blues de Beale Street

Traducción de
Enrique Pezzoni

DEBOLS!LLO

El papel utilizado para la impresión de este libro ha sido fabricado a partir de madera procedente de bosques y plantaciones gestionadas con los más altos estándares ambientales, garantizando una explotación de los recursos sostenible con el medio ambiente y beneficiosa para las personas.

El blues de Beale Street

Título original: *If Beale Street Could Talk*

Primera edición en España bajo el sello Random House: enero, 2019
Primera edición en México en Debolsillo: junio, 2024

penguinlibros.com

Diseño de la portada: Penguin Random House Grupo Editorial
Fotografía de la portada: © Richard Kalvar / Magnum Photos /
Contacto. *Detalle de la foto original.
Fotografía del autor: © 1984 Ulf Andersen

ISBN: 978-607-384-350-8

Para Yoran

María, María,
¿cómo piensas llamar a este hermoso bebé?

ÍNDICE

1

AFLICCIÓN EN MI ALMA

Me miro en el espejo. Sé que me bautizaron con el nombre de Clementine, y por eso tendría sentido que me llamaran Clem, o incluso, pensándolo bien, Clementine, ya que ese es mi nombre; pero no. Me llaman Tish. Supongo que también eso tiene sentido. Estoy cansada y empiezo a creer que todo lo que sucede tiene sentido. Si no lo tuviera, ¿cómo podría suceder? Pero qué cosas se me ocurren. Solo puedo pensar así por culpa de mi aflicción: una aflicción sin sentido.

Hoy he ido a visitar a Fonny. Tampoco ese es su nombre. A él lo bautizaron como Alonzo; y tendría sentido que lo llamaran Lonnie. Pero no, siempre lo hemos llamado Fonny. Alonzo Hunt: ese es su nombre. Lo conozco de toda la vida, y espero seguir conociéndolo mientras viva. Pero solo lo llamo Alonzo cuando no tengo más remedio que caerle encima con algún problema de mierda.

Hoy le dije:

–¿Alonzo...?

Fonny está en la cárcel. Por eso yo estaba sentada en un banco, frente a una mesa, y él estaba sentado en otro banco, frente a otra mesa. Y los dos nos mirábamos a través de una pared de cristal. No se oye nada a través de ese cristal, así que cada uno de nosotros tenía un teléfono pequeño. Y a través de él nos hablábamos. No sé por qué la gente siempre mira hacia abajo cuando habla por teléfono, pero siempre lo hace. De vez en cuando, hay que acordarse de levantar los ojos para mirar a la persona con la que hablas.

Ahora me acuerdo siempre de hacerlo, porque Fonny está en la cárcel y adoro sus ojos, y cada vez que lo miro tengo miedo de no volver a verlo nunca más. Así que no bien llego a ese sitio levanto el teléfono y no dejo de mirar a Fonny ni un segundo.

Por eso cuando dije «¿Alonzo…?», él miró hacia abajo y después levantó los ojos y sonrió, y sostuvo el teléfono y se quedó esperando.

Eso de mirar a través de un cristal a la persona a la que quieres no se lo deseo a nadie.

Y no le di la noticia como había pensado. Había pensado dársela con toda naturalidad, para que él no se afligiera y comprendiera que se lo decía sin que hubiera en mí ninguna intención de echarle la culpa.

¿Saben? Conozco muy bien a Fonny. Es muy orgulloso y se preocupa por todo, y ahora que lo pienso me doy cuenta –aunque él mismo no lo sepa– de que este es el principal motivo por el cual ahora está en la cárcel. Sí, Fonny ya está metido en demasiados líos como para empezar a preocuparse por mí. De hecho, no quería decir lo que tenía que decir. Pero sabía que tenía que hacerlo. Él tenía que saberlo.

Y también pensé que cuando se acostara por la noche, cuando descansara de sus preocupaciones, cuando estuviera solo, completamente solo, en la parte más honda de sí mismo, cuando volviera a pensar en la noticia, quizá se alegraría. Y eso podría ayudarlo.

Le dije:

–Alonzo, vamos a tener un hijo.

Lo miré. Sé que sonreí. Fonny puso una cara como si se hubiera zambullido en el agua. Yo no podía tocarlo. Y tenía tantas ganas de tocarlo. Sonreí de nuevo y las manos se me humedecieron sobre el teléfono, y durante un instante no pude ver a Fonny y sacudí la cabeza y tenía la cara mojada y le dije:

–Estoy muy contenta. Estoy muy contenta. No te preocupes. Estoy muy contenta.

Pero Fonny ya estaba muy lejos de mí, a solas consigo mismo. Esperé a que volviera. Vi la sospecha que pasó como un relámpago por su cara: ¿Será hijo mío? No es que dude de mí. Pero los hombres siempre piensan eso. Y durante esos pocos segundos, mientras él se alejó de mí y se quedó a solas consigo mismo, lo único real en el mundo fue mi hijo, más real que la prisión, más real que yo misma.

Debería haberlo aclarado antes: no estamos casados. Esto es más importante para él que para mí. Pero lo entiendo. Estábamos a punto de casarnos cuando lo metieron en la cárcel.

Fonny tiene veintidós años. Yo, diecinueve.

Me hizo esa pregunta ridícula:

–¿Estás segura?

–No, no estoy segura. Solo te lo digo para fastidiarte.

Entonces Fonny sonrió. Sonrió porque, en ese momento, entendió lo que había.

–¿Qué vamos a hacer? –me preguntó, como si fuera un chaval.

–Bueno, no vamos a ahogarlo. Será mejor que lo criemos.

Fonny echó la cabeza hacia atrás y rio, rio hasta que le corrieron lágrimas por la cara. Y yo sentí que ya había pasado ese primer momento que me daba tanto miedo.

–¿Se lo has dicho a Frank? –me preguntó.

Frank es su padre.

–Todavía no –le dije.

–¿Y a tus padres?

–Todavía no. Pero no te preocupes por ellos. Quería que tú fueras el primero en saberlo.

–Bueno –dijo Fonny–, supongo que tiene sentido. Un hijo...

Me miró, después bajó los ojos.

–¿Qué piensas hacer ahora?

–Lo de siempre. Trabajaré hasta el último mes. Después, mamá y Sis se ocuparán de mí, no tienes por qué preocuparte. Además, para entonces ya te habremos sacado de aquí.

–¿Estás segura de eso? –preguntó con su sonrisilla.

–Pues claro que lo estoy. Siempre estoy segura de eso.

Sabía lo que estaba pensando, pero no podía permitirme pensarlo yo también: no en ese momento, mientras lo miraba. Yo tenía que estar segura.

Apareció el hombre detrás de Fonny. Era la hora de irse. Fonny sonrió y levantó el puño, como siempre, y yo levanté el mío y él se puso de pie. Cada vez que lo veo allí me sorprende un poco lo alto que es. Claro que ha perdido peso, y eso lo hace parecer más alto.

Dio media vuelta y cruzó la puerta, que se cerró tras él.

Me sentía mareada. Apenas había comido en todo el día y ya se hacía tarde.

Salí del cuarto para cruzar aquellos enormes corredores que he llegado a odiar tanto, aquellos corredores más grandes que el desierto del Sáhara. El Sáhara nunca está vacío; esos corredores nunca están vacíos. Si uno cruza el Sáhara y se cae, los buitres empiezan a sobrevolar en círculo, oliendo, presintiendo la muerte. Vuelan en círculos cada vez más bajos: esperan. Saben. Saben con exactitud cuándo estará lista la carne, cuándo dejará de luchar el espíritu. Los pobres siempre están cruzando el Sáhara. Y los abogados y los leguleyos y toda esa muchedumbre sobrevuelan en círculo en torno a los pobres, como buitres. Claro que en realidad no son más ricos que los pobres, y por eso se han convertido en buitres, en devoradores de carroña, en inmundos basureros. Y hablo también de esas putas negras, que, en muchos sentidos, son peores aún. Creo que si tuviera que hacer lo que ellas hacen me moriría de vergüenza. Aunque he llegado a pensarlo y ya no sé si me avergonzaría tanto. No sé de qué sería capaz con tal de sacar a Fonny de la cárcel. Aquí nunca he visto ninguna vergüenza, salvo la mía, y la de las negras trabajadoras que me llaman «Hija», y la de las orgullosas puertorriqueñas que no pueden entender qué ha sucedido –los pocos que les hablan no saben español– y que se avergüenzan de que los hombres a los que han amado estén en prisión. Hacen mal en avergonzarse. Los que deberían avergonzarse son los que están al mando de estas cárceles.

Yo no me avergüenzo de Fonny. Si algo siento por él, es orgullo. Fonny es todo un hombre. Lo demuestra por el coraje con que aguanta toda esta mierda. Confieso que a veces tengo miedo, porque nadie es capaz de aguantar eternamente toda la mierda que le tiran encima. Lo que hay que hacer es acostumbrarse a vivir día a día. Si nos ponemos a pensar en lo que nos espera, si hacemos siquiera el intento de pensar en lo que nos espera, es imposible aguantar.

Algunas veces vuelvo a casa en metro; otras veces tomo el autobús. Hoy tomé el autobús porque tarda un poco más y tengo la cabeza hecha un lío.

Estar metido en problemas produce a veces un efecto raro. No sé si podré explicarlo. Hay días en que nos parece que vivimos como de costumbre, oyendo a los demás, hablando con ellos, haciendo como que trabajamos o, cuando menos, viendo que el trabajo queda hecho. Pero la verdad es que en esos días no vemos ni oímos a nadie; y si alguien nos pregunta qué hemos hecho durante el día, tenemos que pensar un rato antes de contestar. Pero al mismo tiempo, y en esos mismos días –y esto es lo más difícil de explicar–, vemos a los demás como nunca los hemos visto. Todos resplandecen con el brillo de una navaja. Quizá sea porque antes de que empezaran nuestros problemas los mirábamos de otro modo. Quizá sea porque ahora nos preguntamos más cosas acerca de ellos, y de manera muy distinta, y eso nos los hace ver como a extraños. Quizá sea porque estamos asustados, confundidos, y ya no sabemos con quién podremos contar en el futuro para que nos ayude.

Y aunque los demás quisieran ayudarnos, ¿qué podrían hacer por nosotros? Yo no puedo decir a cualquiera que viaje en este autobús: «Oiga, Fonny anda metido en líos y está en la cárcel –¿se imaginan qué pensarían en este autobús si supieran de mi propia boca que quiero a alguien que está en la cárcel?–, y yo sé que no ha cometido ningún delito, y es una persona maravillosa; por favor, ayúdeme a sacarlo». ¿Se imaginan lo que pensarían en este autobús? ¿Qué pensarían ustedes? No puedo decir: «Voy a tener este bebé pero también estoy asustada, y no quiero que le pase nada malo al padre de mi hijo. ¡Por favor, no permitan que se muera en la cárcel!». No puedo andar diciendo esas cosas. Lo cual significa que no puede decir nada. Tener problemas es lo mismo que estar solo. Te sientas, miras por la ventanilla y te preguntas si te pasarás el resto de la vida yendo y viniendo en este autobús. Y en ese caso, ¿qué sería de la criatura? ¿Y qué sería de Fonny?

Y si en algún momento te ha gustado esta ciudad, descubres que ya no te gusta. Si alguna vez salgo de esto, si salimos de esto, juro que no volveré a poner un pie en el centro de Nueva York.

Quizá antes me gustaba, hace ya mucho tiempo, cuando papá nos traía a Sis y a mí a pasear por el centro, y mirábamos la gente y los edificios, y papá nos mostraba tantas cosas, y a veces nos parábamos en Battery Park y comíamos helados y perritos calientes. Aquella fue una época maravillosa y siempre estábamos muy contentos; pero era a causa de nuestro padre, y no de la ciudad. Era porque sabíamos que nuestro padre nos quería. Ahora puedo decir, porque lo sé muy bien, que la ciudad nunca nos quiso. La gente nos miraba como si fuéramos cebras. Y ya saben: hay gente a la que le gustan las cebras y gente a la que no. Pero nadie pregunta nunca a la cebra.

Es cierto que apenas he visto otras ciudades, solo Filadelfia y Albany, pero juro que Nueva York debe de ser la ciudad más fea y sucia del mundo. Debe de ser la que tiene los edificios más feos y la gente más desagradable. La que tiene los peores policías. Y si es que existe un lugar más horrible que este, ha de ser tan parecido al infierno que apestará a carne humana achicharrándose. Y ahora que lo pienso, ese es justo el olor de Nueva York en verano.

Conocí a Fonny en las calles de esta ciudad. Yo era muy pequeña, él no tanto. Yo tendría unos seis años, algo así, y él cerca de nueve. Vivían en la acera de enfrente, él y su familia: su madre, sus dos hermanas mayores y su padre, que tenía una sastrería. Pensándolo en retrospectiva, me pregunto para qué tendría esa sastrería: no conocíamos a nadie con bastante dinero como para hacerse la ropa en una sastrería. Bueno, quizá muy de vez en cuando... Pero no creo que nosotros pudiéramos ayudarle a mantener su negocio. Claro que, según me han dicho, la gente, la gente de color, ya no era tan pobre como cuando papá y mamá se conocieron. Ya no eran tan pobres como cuando estábamos en el Sur. Pero les aseguro que éramos bastante pobres, y todavía lo somos.

No me había fijado en Fonny hasta que nos vimos metidos en una pelea, después de la escuela. En realidad, ni Fonny ni yo teníamos nada que ver con aquella pelea. Yo tenía una amiga que se llamaba Geneva, una chica barullera, andrajosa, con trencitas bien tirantes en la cabeza, grandes rodillas color ceniza, piernas largas y pies enormes; y que siempre andaba metiéndose en líos. Naturalmente, era mi mejor amiga. Porque yo nunca me metía en líos. Yo era flaca y siempre tenía miedo y la seguía a todas partes y me complicaba en las mierdas que ella armaba. La verdad es que no había otra chica que me quisiera como amiga, y ya se habrán imaginado ustedes que no había otra que la quisiera a ella. En fin, Geneva me dijo que no soportaba a Fonny. Cada vez que lo miraba le daban ganas de vomitar. Siempre me estaba diciendo lo feo que era, con esa piel de color de patata cruda y mojada, esos ojos de chino, ese pelo tan rizado, esa boca como de trompeta. Y tan patizambo que tenía juanetes en los tobillos; y por la manera en que le sobresalía el culo, debía de ser hijo de una gorila. Yo le daba la razón porque tenía que hacerlo, pero la verdad es que a mí no me parecía tan feo. Los ojos de Fonny me gustaban bastante y, a decir verdad, pensaba que si los chinos tenían los ojos así no me habría importado irme a China. Nunca había visto a una gorila, así que el culo de Fonny me parecía perfectamente normal, y, pensándolo bien, no era tan grande como el de Geneva; y no fue hasta mucho tiempo después cuando me di cuenta de que sí, era un poco patizambo. Pero Geneva siempre le andaba buscando las vueltas a Fonny. Creo que él ni siquiera se fijaba en ella. Estaba demasiado ocupado con sus amigos, que eran los peores chavales del barrio. Siempre se les veía pasar corriendo por la calle, andrajosos, sangrando, cubiertos de magulladuras, y, justo antes de aquella pelea, le habían roto un diente a Fonny.

Fonny tenía un amigo que se llamaba Daniel, un negro grandote que le tenía tanta ojeriza a Geneva como esta a Fonny. No me acuerdo de cómo empezó la cosa, pero al final Daniel y Geneva estaban enzarzados rodando por el suelo y yo tiraba de Daniel para que la soltara y Fonny tiraba de mí. Me volví y lo golpeé con lo único que encontré a mano, algo que agarré del cubo de basura. Era solo un palo, pero tenía un clavo. El clavo le raspó la mejilla, le abrió la piel, y empezó a salirle sangre. Yo no daba crédito a lo que veía, me asusté mucho. Fonny se llevó la mano a la cara, después me miró y luego se miró la mano, y a mí no se me ocurrió nada mejor que soltar el palo y echar a correr. Fonny salió corriendo detrás de mí y, para empeorar las cosas, Geneva vio la sangre y empezó a chillarme que lo había matado, ¡lo había matado! Fonny me alcanzó en un segundo y me agarró y me escupió a través del agujero de su diente caído. El escupitajo me acertó en plena boca y… me sentí tan humillada (supongo que porque no me había golpeado ni lastimado, y quizá porque intuí lo que no me había hecho) que chillé y empecé a llorar. Es raro. Tal vez mi vida cambió en el preciso momento en que Fonny me escupió en la boca. Geneva y Daniel, que habían empezado todo el barullo y no tenían ni un rasguño, comenzaron a gritarme a la vez. Geneva decía que lo había matado seguro, sí, lo había matado, que la gente pillaba el tétanos cuando se lastimaba con clavos oxidados y se moría. Y Daniel dijo que era cierto, que él tenía un tío que había muerto así. Fonny los escuchaba y la sangre seguía chorreándole y yo seguía llorando. Al final debió de darse cuenta de que hablaban de él, y de que ya era hombre –o niño– muerto, porque también se puso a llorar y entonces Daniel y Geneva se lo llevaron, dejándome allí, sola.

No vi a Fonny durante un par de días. Estaba segura de que tenía tétanos y estaba muriéndose; y Geneva decía que en cuanto muriera, cosa que podía ocurrir en cualquier momento, la policía iría a buscarme para llevarme a la silla eléctrica. Yo vigilaba la sastrería, pero todo parecía normal. El señor Hunt estaba allí con su cara sonriente de color café con leche, planchando pantalones y contando chistes a quien estuviera en la tienda (siempre había alguien en la tienda), y de cuando en cuando aparecía la señora Hunt. Era una mujer muy religiosa, de la iglesia baptista santificada, que nunca sonreía mucho, pero aun así ninguno de los dos se comportaba como si tuviera un hijo moribundo.

Así que, cuando pasaron dos días sin ver a Fonny, esperé a que la sastrería pareciera quedarse vacía, a que el señor Hunt estuviera a solas, y crucé la calle. El señor Hunt me conocía un poco; todos nos conocíamos en esa calle.

–Hola, Tish –me dijo–. ¿Cómo te va? ¿Cómo está tu familia?

–Bien, señor Hunt –dije.

Tenía ganas de preguntar «¿Cómo está su familia?», que era lo que decía siempre y lo que había pensado decir, pero no pude.

–¿Cómo andan las cosas por la escuela? –me preguntó el señor Hunt un rato después; y pensé que me miraba de un modo muy raro.

–Oh, como siempre –dije, y el corazón me empezó a latir como si fuera a saltárseme del pecho.

El señor Hunt bajó una de esas dos tablas de planchar que usan en las sastrerías –son como dos tablas de planchar, una encima de la otra–, bajó una de esas tablas y me miró un instante. Después rio y dijo:

–Creo que ese hijo mío tan engreído volverá pronto.

Oí lo que dijo y entendí… algo; pero no sabía qué había entendido.

Caminé hacia la puerta como para marcharme, entonces me volví y pregunté:

–¿Cómo dice, señor Hunt?

El señor Hunt seguía sonriendo. Levantó la tabla de planchar, dio la vuelta a los pantalones o lo que hubiera en la de abajo, y dijo:

–Fonny. Su madre lo ha mandado a pasar unos días a casa de sus abuelos. Dice que siempre se está metiendo en líos aquí.

Bajó de nuevo la tabla.

–Lo que no sabe son los líos en que se meterá también allá...

Entonces me miró y sonrió. Cuando llegué a conocer mejor a Fonny y a su padre, me di cuenta de que Fonny tenía la misma sonrisa.

–Le diré que has venido a verlo –dijo.

–Muchos saludos a su familia, señor Hunt –contesté, y crucé la calle a la carrera.

Geneva estaba en los escalones de la entrada de mi casa, y me dijo que parecía una loca y que por poco la atropellaba.

Me paré y le dije:

–Eres una mentirosa, Geneva Braithwaite. Fonny no tiene tétanos y no se va a morir. Y no me mandarán a la cárcel. Anda, ve y pregúntaselo a su padre.

Entonces Geneva me miró de un modo tan raro que entré corriendo en la casa y subí y me senté en la escalera de incendios, pero muy pegada a la ventana para que ella no pudiera verme.

Fonny volvió cuatro o cinco días después y se acercó hasta la entrada de mi casa. No tenía ninguna cicatriz. Llevaba dos donuts. Se sentó en los escalones.

–Perdóname por haberte escupido en la cara –dijo, y me dio uno de los donuts.

–Perdóname por haberte lastimado –le dije.

Y luego no dijimos nada más. Él se comió su donut y yo el mío.

La gente no cree que esas cosas puedan ocurrir entre niños y niñas de esa edad –la gente no cree en muchas cosas, y empiezo a comprender por qué–, pero la verdad es que Fonny y yo nos hicimos amigos. O más bien, aunque en realidad era lo mismo –otra cosa que la gente no quiere reconocer–, yo me convertí en su hermana pequeña y él en mi hermano mayor. Él no se llevaba bien con sus hermanas y yo no tenía hermanos varones. Así que cada uno de nosotros dos llegó a ser lo que al otro le hacía falta.

Geneva se enfadó conmigo y dejó de ser mi amiga; aunque ahora que lo pienso fui yo quien, sin ni siquiera saberlo, dejé de ser amiga de ella; porque ahora, y sin saber tampoco qué significaba eso, tenía a Fonny. Daniel se enfadó con Fonny, le dijo que era una nenaza por andar perdiendo el tiempo con chicas y dejó de ser su amigo durante mucho tiempo; hasta llegaron a las manos, y Fonny perdió otro diente. Creo que cualquiera que viera a Fonny por aquel entonces estaría convencido de que había crecido sin un solo diente en la boca. Recuerdo que le dije que iba a subir a casa a buscar las tijeras de mi madre para matar a Daniel, pero Fonny me dijo que yo no era más que una niña y que aquello no era de mi incumbencia.

Fonny tenía que ir a la iglesia todos los domingos. Digo bien: tenía que ir, aunque se las ingeniaba para engañar a su madre con mucha más frecuencia de la que ella imaginaba, o quería imaginar. Como he dicho, su madre –después empecé a conocerla mejor, ya hablaremos de ella un poco más adelante– era una mujer muy religiosa, y si no podía salvar a su marido estaba pero que muy segura de que salvaría a su hijo. Porque era su hijo, no el de ambos.

Creo que ese era el motivo por el que Fonny era tan malo. Y creo que ese era también el motivo por el que, cuando llegabas a conocerlo mejor, era tan bueno, una persona estupenda, un hombre lleno de dulzura y con algo muy triste en su interior; pero había que conocerlo bien. El señor Hunt, Frank, no pretendía reclamarlo solo para él, pero lo quería…

lo quiere. No podía decirse que las dos hermanas mayores fueran muy religiosas, pero tampoco dejaban de serlo y seguían el ejemplo de su madre. De manera que solo quedaban Frank y Fonny. En cierto sentido, Frank tenía a Fonny para él los días entre semana, y Fonny tenía a Frank para él los días entre semana. Los dos lo sabían, y por eso a Frank no le importaba que su mujer se llevara a Fonny los domingos. Lo que Fonny hacía en la calle era exactamente lo mismo que Frank hacía en la sastrería y en la casa. Se portaba mal. Por eso Frank hacía lo posible por aferrarse a su sastrería tanto tiempo como pudiera. Por eso cuando Fonny volvía a su casa sangrando, él lo curaba. Por eso los dos, padre e hijo, me querían. Claro que eso no es un misterio, aunque siempre es un misterio el modo en que la gente se quiere. Más adelante, llegué a preguntarme si el padre y la madre de Fonny hacían el amor alguna vez. Se lo dije a Fonny. Y Fonny me contestó:

–Sí. Pero no como tú y yo. A veces los oía. Ella volvía de la iglesia, empapada en sudor y apestando. Montaba el numerito de que estaba tan cansada que apenas podía moverse y se dejaba caer atravesada en la cama con la ropa puesta. Apenas si tenía fuerzas para quitarse los zapatos. Y el sombrero. Y siempre soltaba su bolso en alguna parte. Todavía oigo ese ruido: era como algo pesado, con plata dentro, que caía con fuerza en el sitio donde ella lo soltaba. Y oía que mi madre decía: «Esta noche el Señor ha bendecido mi alma. Querido, ¿cuándo vas a entregar tu vida al Señor?». Y mi padre decía «Nena», y te juro que estaba allí acostado y el pito se le empezaba a poner duro, y «Perdóname, nena», pero ella no estaba mejor que él, porque aquello, ¿sabes?, era como el juego de dos gatos en un callejón. Mierda. Ella seguía gimoteando y maullando, quería salirse con la suya, estaba dispuesta a perseguir a ese gato por todo el callejón hasta que él le mordiera el cogote. A esas alturas, mi padre de lo único que tenía ganas era de dormir, pero ella seguía con su cantinela y la única manera de conseguir que se callara era hacerlo... Mi padre no tenía más remedio que morderle el cogote y ella se salía con la suya. Así que papá se quedaba allí acostado, desnudo, con el pito cada vez más tieso, y decía: «Creo que ya es hora de que el Señor me dé su vida a mí». Y ella decía: «Oh, Frank, déjame llevarte al Señor». Y él decía: «Mierda, mujer, yo te traeré al Señor a ti. Yo soy el Señor». Y ella seguía gimiendo y lloriqueando: «Señor, ayúdame a ayudar a este hombre. Dámelo. Ya no puedo hacer nada más. Oh, Dios, ayúdame». Y él decía: «El Señor te ayudará, cariño, en cuanto vuelvas a ser de nuevo como una niñita, desnuda como una niñita. Ven, ven al Señor». Y ella venga a llorar y a llamar a Jesús mientras él empezaba a quitarle la ropa. Y se oía el susurro de la ropa que él le arrancaba y arrojaba al suelo, y a veces se me enredaba un pie en una de esas cosas a la mañana siguiente, cuando pasaba por su cuarto para ir a la escuela... Y cuando mi madre ya estaba desnuda y papá se le subía encima y ella seguía lloriqueando «¡Jesús! ¡Ayúdame, Señor!», y mi papá decía «Aquí tienes al Señor. ¿Dónde quieres que te bendiga? ¿Dónde te duele? ¿Dónde quieres que te toquen las manos del Señor? ¿Aquí? ¿Aquí? ¿O aquí? ¿Dónde quieres sentir su lengua? ¿Dónde quieres que te entre el Señor, zorra negra, sucia y estúpida. Puta. Puta. Más que puta». Y la abofeteaba, fuerte, sonoramente. Y mi madre decía: «Oh, Señor, ayúdame a soportar mi carga». Y mi papá decía: «Aquí la tienes, nena, enseguida la soportarás, lo sé muy bien. Jesús es tu amigo y ya te avisaré cuando venga. La primera vez. Todavía no sabemos cuándo será el segundo advenimiento». Y la cama se sacudía y ella gemía y gemía. Y por la mañana todo estaba como si no hubiera pasado nada. Mi madre parecía la misma de siempre. Seguía perteneciendo a Jesús, y papá se iba a la calle, a la sastrería.

Y luego Fonny me dijo:

–Si no hubiera sido por mí, creo que el gato se habría largado de casa. Siempre querré a mi padre porque no me abandonó.

Siempre recordaré la cara de Fonny cuando me hablaba de su padre.

Después Fonny se volvió hacia mí y me tomó entre sus brazos riendo y me dijo:

–Tú me recuerdas mucho a mi madre, ¿sabes? Vamos, cantemos juntos: «Pecador, ¿amas a mi Señor?». Y si no te oigo gemir, sabré que no te has salvado.

Creo que no sucede muy a menudo que dos personas puedan reírse y hacer el amor al mismo tiempo: hacer el amor porque se ríen, reírse porque hacen el amor. El amor y la risa vienen del mismo lugar: pero no mucha gente va a ese lugar.

Un sábado, Fonny me preguntó si quería ir con él a la iglesia a la mañana siguiente, y le dije que sí, aunque en mi familia éramos baptistas y se suponía que no debíamos ir a una iglesia santificada. Pero para entonces todos sabían que éramos amigos, era algo que se daba por hecho. En la escuela, y por todo el vecindario, nos llamaban Romeo y Julieta, aunque no porque hubieran leído la obra. Y Fonny fue a buscarme ese domingo, con un aspecto que daba auténtica lástima, con el pelo relamido y brillante, partido con una raya tan brutal que parecía hecha con un tomahawk o una navaja, y vestido con su traje azul. Y Sis me había emperifollado, y allá que fuimos los dos. Ahora que lo pienso, aquella fue nuestra primera cita. La madre de Fonny nos esperaba delante de mi casa.

Era poco antes de Pascua, así que no hacía frío pero tampoco calor.

Ahora bien, aunque los dos éramos pequeños y en modo alguno se me pasaba por la cabeza la idea de apartar a Fonny del lado de su madre ni nada por el estilo, y aunque ella en realidad no lo quería y solo pensaba que tenía la obligación de quererlo porque lo había traído al mundo, yo era consciente de que no le gustaba. Me daba cuenta por muchos detalles: por ejemplo, yo nunca iba a la casa de Fonny, pero Fonny siempre estaba en la mía; y no era porque Fonny y su padre no me quisieran allí. Era por culpa de la madre y de las dos hermanas. Después fui comprendiendo que, por una parte, yo no les parecía suficientemente buena para Fonny (lo cual significaba que no les parecía suficientemente buena para ellas); y, por otra parte, tenían la sensación de que tal vez fuera exactamente lo que Fonny se merecía. Bueno, soy morena, mi pelo no tiene nada de especial y no hay nada en mí que llame la atención, y ni siquiera Fonny se molesta en fingir que soy guapa, lo único que dice es que las chicas guapas son una calamidad.

Cuando me lo dice sé que piensa en su madre; por eso, cuando quiere burlarse de mí, me asegura que le recuerdo a su madre. No me parezco en nada a ella y él lo sabe, pero también sabe que yo sé cuánto la quería: es decir, cuánto deseaba quererla, que ella le permitiera quererla.

La señora Hunt y las chicas son rubias; y se notaba que la señora Hunt había sido una muchacha muy guapa allá, en Atlanta, que es de donde viene. Y todavía conservaba –conserva– ese aire de mírame y no me toques que las mujeres hermosas se llevan consigo a la tumba. Las hermanas de Fonny no eran tan guapas como su madre, y desde luego nunca habían sido jóvenes en Atlanta, pero eran de cutis claro y llevaban el pelo muy largo. Fonny tiene la piel más clara que yo, pero mucho más oscura que ellas; tiene el pelo muy rizado y toda la brillantina que su madre le ponía los domingos no alcanzaba para alisarle los rizos.

Fonny es clavadito a su padre; así que la señora Hunt me sonrió con un aire muy dulce y resignado al verme salir con Fonny de mi casa aquel domingo.

–No sabes cuánto me alegra que esta mañana vayas a la casa del Señor, Tish –me dijo–. ¡Caramba, qué linda estás hoy!

Por la manera en que lo dijo me dio a entender que tenía el mismo aspecto de todos los días: me dio a entender cuál era realmente mi aspecto.

–Buenos días, señora Hunt –le dije, y echamos a andar por la calle.

Era la calle de los domingos por la mañana. Nuestras calles tienen días, y hasta horas. En el lugar donde nací, y donde nacerá mi hijo, miras la calle y casi puedes ver lo que sucede en las casas: por ejemplo, el sábado a las tres de la tarde es muy mala hora. Los niños vuelven de la escuela. Los hombres vuelven del trabajo. Podrías pensar que todos se alegran de estar juntos, pero no es así. Los niños se encuentran con los hombres. Los hombres se encuentran con los niños. Y esto casi enloquece a las mujeres, que están cocinando y limpiando y alisándose el pelo, y que ven lo que los hombres no ven. Lo notas en las calles, lo oyes en los gritos con que las mujeres llaman a sus hijos. Lo ves en la manera en que salen de sus casas, en estampida, como un relámpago, y abofetean a sus hijos y los arrastran escaleras arriba, lo oyes en los niños, lo ves en el modo en que los hombres, ignorando todo eso, se reúnen delante de alguna barandilla, se sientan en la peluquería, se pasan una botella de mano en mano, van juntos al bar de la esquina, hacen bromas a la muchacha que está detrás de la barra, se pelean entre ellos y después se ponen a beber en silencio. Los sábados por la tarde son como un nubarrón, y uno espera que en cualquier momento estalle la tormenta.

Pero el domingo por la mañana las nubes se han disipado, la tormenta ya ha hecho sus estragos y se ha calmado. No importa cuáles hayan sido los estragos: todo el mundo se siente muy limpio ahora. Las mujeres de algún modo se las han ingeniado para arreglarlo y ordenarlo todo. Así que todos están lavados, frotados, cepillados y engominados. Más tarde irán a comer lacón o tripas de cerdo, o pollo asado o frito, con boniato y arroz y verduras o pan de centeno o galletas. Y volverán a sus casas y discutirán y se reconciliarán. Y los domingos algunos hombres lavan sus coches con más cuidado que sus prepucios. La mañana de aquel domingo, con Fonny caminando a un lado como un prisionero, y la señora Hunt al otro como una reina recorriendo a grandes zancadas su reino, era como caminar por una feria. Pero ahora pienso que si la calle parecía una feria era solo a causa de Fonny, que no dijo una sola palabra en todo el camino.

Oímos las panderetas de la iglesia a una manzana de distancia.

–Ojalá pudiéramos traer a tu padre a la casa del Señor una de estas mañanas –dijo la señora Hunt. Luego añadió, mirándome–: ¿A qué iglesia vas tú, Tish?

Bueno, como ya he dicho, en casa éramos baptistas. Pero no íbamos con mucha frecuencia a la iglesia; quizá para Navidad o Pascua, en días como esos. Mamá no soportaba a las hermanas de la iglesia, que tampoco la soportaban a ella. Y Sis ha salido a mamá, y papá no le ve ningún sentido a eso de andar corriendo tras el Señor y no parece tenerle mucho respeto.

–Vamos a la Baptista Abisinia –dije, clavando los ojos en las grietas de la acera.

–Una iglesia muy bonita –dijo la señora Hunt, en el tono de que eso era lo mejor que podía decir y no era demasiado, por cierto.

Eran las once de la mañana. El oficio acababa de empezar. De hecho, la escuela dominical comenzaba a las nueve, y se suponía que Fonny debía asistir, pero ese domingo le habían permitido faltar en consideración a mí. Y la verdad es que la señora Hunt era algo perezosa y no tenía ganas de levantarse tan temprano para asegurarse de que Fonny iba a la escuela dominical. Allí no había nadie que admirara a la señora Hunt: su cuerpo lavado y cubierto con tanto esmero, y su alma blanca y pura como la nieve. A Frank no se le pasaba por la cabeza la idea de levantarse para llevar a Fonny a la escuela dominical, y las hermanas no querían ensuciarse las manos con su hermano de pelo rizado. Así que la señora Hunt, entre hondos suspiros y alabando al Señor, no tenía más remedio que levantarse y vestir a Fonny. Pero si ella no lo tomaba de la mano y lo llevaba en persona a la escuela dominical, Fonny no ponía los pies allí. Y muchas veces la mujer llegaba feliz a la iglesia sin conocer el paradero de su hijo. «Cuando a Alice no le apetece tomarse una molestia por algo –me dijo mucho después Frank–, lo deja en las manos del Señor.»

La iglesia había sido una oficina de correos. No sé por qué tuvieron que vender el edificio, y menos aún por qué a alguien se le ocurrió comprarlo, porque todavía parecía una oficina de correos, larga, oscura y de techo bajo. Habían derribado algunas paredes, habían instalado unos cuantos bancos y habían puesto carteles con las inscripciones y los horarios de la iglesia; pero el techo era de esa horrible chapa ondulada, y lo habían pintado de marrón o dejado sin pintar. Al entrar, el púlpito se veía muy a lo lejos. A decir verdad, creo que los que iban a esa iglesia se enorgullecían de que fuera tan grande y de que hubieran podido hacerse con aquel edificio. Desde luego, yo estaba habituada (más o menos) a la Abisinia. Era más luminosa y tenía una galería. Yo me sentaba allá arriba, sobre las rodillas de mamá. Cada vez que pienso en una canción, «Día sin nubes», vuelvo a aquella galería, sobre las rodillas de mamá. Cada vez que oigo «Bendita serenidad», pienso en la iglesia de Fonny y en su madre. No porque la canción o la iglesia fueran muy serenas. Pero es que no recuerdo haber oído nunca esa canción en nuestra congregación. Siempre la asocio con la iglesia de Fonny porque esa mañana de domingo, cuando la cantaron, la madre de Fonny entró en éxtasis.

Ver a la gente entrar en éxtasis bajo el Poder divino es siempre todo un espectáculo, por mucho que lo veas con frecuencia. Pero en nuestra iglesia era muy raro: nosotros éramos respetables, más civilizados que los santificados. Todavía hay algo que me da miedo en todo eso; pero creo que es porque Fonny lo odiaba.

La iglesia era tan amplia que tenía tres pasillos entre los bancos. Y al contrario de lo que podría pensarse, es mucho más difícil encontrar el pasillo central cuando hay tres que cuando no hay más que uno. Hay que tener cierto instinto para ello. Entramos en la iglesia, y la señora Hunt nos guio por el pasillo de la izquierda, de manera que la gente de los otros dos lados tuvo que volverse para mirarnos. Y, francamente, éramos algo digno de verse. Allí estaba yo, con mis largas piernas negras, mi vestido azul y mi pelo tirante con un lazo azul. Allí estaba Fonny, que me llevaba de la mano en una especie de agonía, vestido con camisa blanca, traje azul y corbata azul, y con el pelo brillándole de una manera espantosa no tanto por la vaselina como por el sudor que le corría por el cráneo; y allí estaba la señora Hunt, que, no sé muy bien cómo, en cuanto traspasamos las puertas de la iglesia se colmó de un ardiente amor hacia sus dos pequeños paganos y nos precedía hacia el asiento de la misericordia divina. Llevaba algo rosado o beige, no me acuerdo bien, pero era algo que destacaba en aquella penumbra. Y lucía uno de esos tremendos sombreros que usaban las mujeres, con un velo que terminaba a la altura de las cejas o de la nariz y hacía que parecieran aquejadas por alguna enfermedad. Además llevaba unos tacones altos que hacían un ruido semejante al de un disparo, y mantenía la cabeza noblemente erguida. La gracia divina descendió sobre ella no bien entró en la iglesia, quedó santificada por ella, y aún hoy recuerdo cómo me hizo temblar, de repente, en mi interior. Era como si no pudieras desear nada más, nada, que suplicar a esa mujer que te entregara a las manos del Dios vivo; y Él lo consultaría con ella antes de aceptar la ofrenda. El asiento de la misericordia divina: la madre de Fonny nos guio hasta la primera fila y nos sentó frente a ella. Nos hizo sentar, pero ella se arrodilló, quiero decir, se puso de rodillas, ante su asiento, e inclinó la cabeza y se cubrió los ojos, procurando no enredarse con el velo. Eché una mirada furtiva a Fonny, pero no me la devolvió. La señora Hunt se levantó, se giró de frente durante un instante a toda la congregación, y después, recatadamente, se sentó.

Alguien daba testimonio, un muchacho medio pelirrojo que contaba que el Señor había borrado todas las manchas de su alma y había eliminado todo deseo de su carne. Años después lo vi con frecuencia por mi barrio. Se llamaba George: muchas veces me lo encontraba cabeceando en los escalones de alguna entrada. Murió de sobredosis. La congregación dijo «Amén», y en el púlpito una hermana grandota se levantó de un salto con su larga túnica blanca y soltó un gritito; todos clamaron «¡Ayúdalo, Jesús, ayúdalo!», y en el momento en que el chico se sentó otra hermana, que se llamaba Rose y que poco después desaparecería de la iglesia y tuvo un hijo –y aún recuerdo la última vez que la vi, yo tendría unos catorce años, y ella caminaba por las calles nevadas con la cara llena de rasguños y las manos hinchadas, y llevaba un trapo en torno a la cabeza y andaba con las medias caídas, cantando sola–, esa hermana Rose se levantó y se puso a cantar: «¿Cómo te sientes cuando sales del yermo, apoyado en el Señor?». Entonces Fonny me miró, apenas durante un segundo. La señora Hunt cantaba y batía palmas. Y una especie de fuego iba prendiendo entre la congregación.

Entonces me fijé en otra hermana, sentada al otro lado de Fonny, más fea y de piel más oscura que la señora Hunt pero igual de bien vestida, que levantaba las manos y exclamaba: «¡Santo! ¡Santo! ¡Santo! ¡Bendito sea tu nombre, Jesús! ¡Bendito sea tu nombre, Jesús!». Y la señora Hunt también se puso a lanzar exclamaciones como si le contestara: era como si cada una quisiera imponerse a la otra. Y la hermana iba vestida de azul, de un azul oscuro, muy oscuro, y llevaba un sombrero de esos que se ponen muy atrás en la cabeza –como un casquete–, y el sombrero tenía una rosa blanca, y cada vez que ella se movía la flor se movía, cada vez que se inclinaba la flor se inclinaba. La rosa blanca parecía iluminada por una luz fantasmal, sobre todo porque la hermana tenía la piel muy oscura e iba vestida de un color muy oscuro. Fonny y yo estábamos sentados entre esas dos mujeres, mientras las voces de la congregación subían y subían y subían sin piedad en torno a nosotros. Fonny y yo no nos tocábamos ni nos mirábamos, y sin embargo nos abrazábamos el uno al otro como niños en un barco que se mueve demasiado. Al fondo de la iglesia, un muchacho –al que también llegaría a conocer, se llamaba Teddy, era de color café con leche, y corpulento en todas las partes de su cuerpo donde no debería serlo, muslos, manos, trasero, pies, algo así como un hongo al revés– empezó a cantar:

–«Bendita quietud, santa quietud...».

–«… qué firmeza hay en mi alma…» –cantó la señora Hunt.

–«… en el mar proceloso…» –cantó la hermana de piel más oscura, al otro lado de Fonny.

–«… Jesús me habla…» –cantó la señora Hunt.

–«… y las olas se aquietan» –cantó la hermana de piel más oscura.

Teddy tenía la pandereta y marcaba las entradas del piano. Nunca llegué a conocer al que lo tocaba: un hermano muy alto y de aspecto malvado, con manos hechas para estrangular; y con esas manos atacaba el teclado, como aporreando el cerebro de alguien del que se acordaba. Sin duda la congregación también tenía sus recuerdos, y los estaban haciendo trizas. La iglesia empezó a mecerse. Y nos mecía a Fonny y a mí, aunque nadie se daba cuenta, y de una manera muy diferente. Para entonces ya habíamos comprendido que allí nadie nos quería; o, más bien, ya sabíamos quién nos quería. Y los que nos querían no estaban allí.

Es curioso las cosas a las que nos aferramos para superar el terror cuando se apodera de nosotros. Creo que recordaré hasta el día que me muera aquella rosa blanca de la dama negra. De repente, la rosa pareció erguirse, en aquel sitio espantoso, y yo agarré la mano de Fonny sin darme cuenta; y a cada lado de nosotros, súbitamente, las dos mujeres empezaron a bailar, gritando: la danza sagrada. La dama de la rosa blanca tenía la cabeza echada hacia delante y la rosa se movía como un rayo sobre su cabeza, sobre nuestras cabezas; y la dama del velo tenía la cabeza echada hacia atrás: el velo que se le había subido y le enmarcaba la frente, que parecía rociarnos de agua negra que nos bautizaba y la bendecía a ella. La gente se movía a nuestro alrededor para dejarles espacio y las dos iban bailando hacia el pasillo central. Ambas sostenían sus bolsos de mano. Ambas llevaban tacones altos.

Ni Fonny ni yo volvimos a ir a la iglesia. Nunca hemos hablado de aquella primera cita. Pero la primera vez que fui a verlo a las Tumbas y subí esas escaleras y me adentré en esas salas, fue como entrar en la iglesia.

Ahora que le había contado a Fonny lo del bebé, sabía que debía contárselo a mamá y a Sis –su verdadero nombre es Ernestine y tiene cuatro años más que yo–, y a papá y a Frank. Bajé del autobús sin saber hacia dónde ir: unas pocas manzanas hacia el oeste, a la casa de Frank, o una manzana hacia el este, a la mía. Pero me sentía tan rara que pensé que lo mejor sería irme a casa. La verdad es que quería contárselo a Frank antes que a mamá. Pero no creía que pudiera caminar esas cuatro manzanas.

Mamá es una mujer bastante rara –eso dice la gente–, y tenía veinticuatro años cuando nací, de modo que ahora tiene más de cuarenta. Les aseguro que la quiero mucho. Creo que es una mujer hermosa. Quizá no resulte hermosa a la vista, aunque no sé qué mierda quiere decir eso en este reino de los ciegos. Está engordando un poco. El pelo se le está poniendo gris, pero solo en la nuca, en lo que su generación llamaba «la cocina», y en el centro de la cabeza, así que solo se la ve canosa cuando la inclina o se gira de espaldas, y Dios sabe que no lo hace muy a menudo. Cuando mira de frente, es negro sobre negro. Se llama Sharon. De joven quería ser cantante, y nació en Birmingham; se las arregló para escapar de aquel sitio infernal cuando tenía diecinueve años, largándose con una banda que estaba de gira, y más concretamente con el batería. Aquello no funcionó, porque, como ella dice:

–No sé si lo quería de veras. Yo era joven, pero ahora pienso que era más joven de lo que debía, por mi edad. No sé si me entiendes. En fin, sé que no era bastante mujer para ayudar a aquel hombre, para darle lo que él necesitaba.

Él se fue por un lado y ella por otro, y mi madre terminó nada menos que en Albany, trabajando como camarera. Tenía veinte años y había empezado a comprender que, aunque tenía buena voz, no era cantante, porque para elegir la carrera de cantante y dedicarse a ella hay que tener mucho más que buena voz. Por eso andaba bastante perdida. Tenía la sensación de que se hundía cada vez más, de que la gente se hundía a su alrededor día tras día; además, Albany no es precisamente una bendición de Dios para los negros.

Por otro lado, debo decir que no me parece que Norteamérica sea una bendición de Dios para nadie. Si lo es, los días de Dios están contados. Ese Dios a quien la gente dice servir –y le sirven, aunque de maneras que ellos mismos ignoran– tiene un perverso sentido del humor. Sería como para darle una buena paliza, si Él fuera un hombre. O si nosotros lo fuéramos.

En Albany, mi madre conoció a Joseph, mi padre. Lo conoció en la estación de autobuses. Ella acababa de dejar su trabajo y él acababa de dejar el suyo. Él tiene cinco años más que ella y había trabajado como mozo de carga en la estación. Había llegado de Boston y en realidad era marino mercante, pero se había quedado más o menos atrapado en Albany por culpa de una mujer mayor con la que estaba entonces y que no veía con buenos ojos esos viajes por mar. Para cuando Sharon, mi madre, entró en la estación de autobuses con su maletita de cartón y sus grandes ojos asustados, las cosas ya andaban muy mal entre mi padre y aquella mujer; a Joseph no le gustaba trabajar en la estación, y era la época de la guerra de Corea, de manera que él sabía que si no volvía pronto al mar no tardarían en reclutarlo para el ejército, y eso era algo por lo que no estaba dispuesto a pasar. Como a veces ocurre en la vida, todo se estaba aliando en su contra: y entonces apareció Sharon.

Mi padre dice, y yo le creo, que en cuanto la vio apartarse de la ventanilla de los billetes para ir a sentarse sola en un banco y mirar a su alrededor supo que ya no podría vivir sin ella. Ella trataba de parecer una chica dura y despreocupada, pero se notaba que estaba muerta de miedo. Mi padre dice que le dieron ganas de reírse, pero que, al mismo tiempo, algo en los asustados ojos de Sharon casi lo hizo llorar.

Se acercó a ella y no perdió el tiempo:

–Perdone, señorita. ¿Va a la ciudad?

–¿A Nueva York, quiere decir?

–Sí, señorita. A Nueva York.

–Sí –respondió ella, mirándole a los ojos.

–Yo también –dijo él, decidiéndolo en ese preciso instante, pero tranquilo porque tenía dinero suficiente para pagarse el billete–. Aunque no conozco bien la ciudad. ¿Usted la conoce?

–Bueno, no, no demasiado bien –dijo ella, cada vez más asustada porque no tenía la menor idea de quién podía ser aquel chiflado o qué andaba buscando.

Mi madre había ido algunas veces a Nueva York, con el batería.

–Tengo un tío que vive allí –dijo mi padre–. Me ha dado su dirección. A lo mejor usted sabe dónde queda.

Mi padre apenas conocía Nueva York. Había trabajado casi siempre en San Francisco. Le dio a mi madre la primera dirección que se le pasó por la cabeza. Y eso la asustó todavía más. Era una dirección cerca de Wall Street.

–Bueno, sí... –dijo ella–. Pero no creo que allí viva gente de color. –No le dijo a aquel chiflado que allí no vivía nadie, que en esa parte no había más que cafeterías, almacenes y edificios de oficinas–. Allí solo viven blancos –añadió, mientras pensaba cómo escapar.

–Claro –dijo él–. Mi tío es blanco.

Y se sentó junto a ella.

Tenía que ir a comprar su billete, pero tenía miedo de alejarse de ella, tenía miedo de que desapareciera. En eso llegó el autobús, y ella se puso de pie. Él también se levantó y recogió su maleta y dijo «Permítame», y la tomó del brazo y la llevó hasta la ventanilla de los billetes, y ella tuvo que quedarse a su lado mientras él compraba su pasaje. La verdad es que a mi madre no le quedaba otro remedio que quedarse junto a él, a menos que empezara a gritar pidiendo auxilio. Por otro lado, no podía impedir que él subiera al autobús. Tenía la esperanza de que ya se le ocurriría algo antes de llegar a Nueva York.

En fin, esa fue la última vez que mi padre vio aquella estación de autobuses, y también la última que llevó la maleta de un extraño.

Para cuando llegaron a Nueva York, ella no había conseguido librarse de él, claro está; y él no parecía tener mucha prisa por ir a buscar a su tío. Los dos bajaron del autobús, él la ayudó a instalarse en una casa de huéspedes y se alojó en un albergue de la YMCA. A la mañana siguiente fue a buscarla para invitarla a desayunar. Una semana después se había casado con ella y había vuelto al mar, y mi madre, sin salir aún de su asombro, emprendió su nueva vida.

Creo que ella se tomará bien lo del bebé, y lo mismo pasará con mi hermana Ernestine. Con papá la cosa no será tan fácil, pero eso es porque no conoce tanto a su hija como mamá y Ernestine. Bueno, quiero decir que se preocupará tanto como ellas, pero de manera distinta, y lo demostrará más.

No había nadie en casa cuando por fin llegué al último piso. Hace unos cinco años que vivimos allí y no es un mal apartamento, tal como están los bloques de viviendas sociales. Fonny y yo pensábamos arreglarnos un loft en el East Village, y fuimos a ver unos cuantos. Nos parecía lo mejor para nosotros, porque no podíamos permitirnos vivir en uno de esos bloques y además Fonny los odia, y no hay espacio en ellos para que pueda trabajar en sus esculturas. Los otros lugares de Harlem son todavía peores que los bloques sociales. Es imposible empezar una nueva vida en esos sitios, uno los recuerda demasiado bien, y nunca querrías que tu hijo creciera allí. Pero cuando lo piensas, resulta asombrosa la cantidad de críos que han nacido y crecido en esos sitios con ratas grandes como gatos, cucarachas del tamaño de ratones, astillas como el dedo de un hombre, y aun así han sobrevivido. Uno nunca quiere pensar en los que no lo lograron; y, a decir verdad, siempre hay algo muy triste en aquellos que sí lo consiguieron, o están en ello.

No hacía más de cinco minutos que había llegado a casa cuando entró mamá. Llevaba una bolsa de la compra y lo que yo llamo su sombrero de las compras, que es una especie de boina beige muy blanda.

–¿Cómo estás, pequeña? –Sonreía, pero a la vez me miraba con fijeza–. ¿Cómo está Fonny?

–Como siempre. Bien. Te manda saludos.

–Me alegro. ¿Has visto al abogado?

–Hoy no. Tengo que ir a verlo el lunes, ya sabes, a la salida del trabajo.

–¿Él ha ido a ver a Fonny?

–No.

Mamá suspiró, se quitó el sombrero y lo dejó sobre el televisor. Recogí la bolsa de la compra y fuimos juntas hasta la cocina. Ella empezó a sacar las cosas de la bolsa.

Medio sentada, medio reclinada en el fregadero, yo la observaba. Entonces, durante un minuto, me entró un ataque de pánico y sentí que se me revolvían las tripas. Comprendí que ya iba a entrar en el tercer mes y que tenía que decírselo. Todavía no se me notaba nada, pero algún día mamá me dirigiría otra de esas miradas penetrantes.

Y de repente, allí, medio sentada, medio reclinada, observándola –ella estaba delante de la nevera, examinando con ojo crítico un pollo que al final apartó a un lado, y tarareando por lo bajo, pero de la manera en que tarareas cuando tu mente está concentrada en algo, algo desagradable y doloroso, algo que te va a caer encima de un momento a otro–, entonces, de repente, tuve la sensación de que ella ya lo sabía, de que lo había sabido desde el principio y solo esperaba a que yo se lo dijera.

–Mamá... –dije.

–¿Sí, pequeña?

Seguía tarareando.

Pero no dije nada. Así que, un minuto después, ella cerró la nevera, se volvió y me miró.

Me puse a llorar. Era por la manera en que me miraba.

Mamá se quedó allí plantada un rato. Al final se acercó, me puso una mano en la frente y después la otra en el hombro.

–Vamos a mi cuarto –dijo–. Papá y Sis llegarán pronto.

Fuimos a su cuarto, mamá cerró la puerta y nos sentamos en la cama. No me tocó. Se quedó muy quieta. Era como si tuviera que mantenerse muy firme porque yo me había derrumbado.

–Tish, escúchame bien: no creo que sea algo por lo que tengas que llorar.

Se movió un poco y me preguntó:

–¿Se lo has dicho a Fonny?

–Hoy mismo se lo he dicho. Pensé que él debía ser el primero en saberlo.

–Has hecho bien. Y apuesto a que se le habrá iluminado la cara de alegría, ¿no es cierto?

Le eché una mirada de soslayo y me reí.

–Sí. Claro que sí.

–Ya debes de andar por… déjame que piense… creo que por el tercer mes.

–Casi.

–¿Por qué estás llorando?

Entonces me tocó, me tomó entre sus brazos y me acunó mientras yo seguía llorando.

Me dio un pañuelo y me soné la nariz. Después, mamá fue hacia la ventana y también se sonó.

–Ahora escúchame bien –me dijo–. Ya tienes bastantes cosas en la cabeza como para preocuparte ahora pensando que eres una mala chica y otras idioteces por el estilo. Espero haberte criado mejor que todo eso. Si fueras una mala chica, no estarías sentada en esta cama y ya haría tiempo que andarías haciendo de puta para el alcaide de la prisión.

Volvió a la cama y se sentó. Parecía estar rebuscando en su cabeza las palabras adecuadas.

–Tish –me dijo–, cuando nos trajeron aquí por primera vez, los blancos no nos mandaron a ningún predicador para que hablara con nosotros antes de tener a nuestros hijos. Y si

Fonny y tú ahora estáis juntos, casados o no, tampoco es por esos mismos condenados blancos, te lo aseguro. Así que te diré lo que debes hacer. Tienes que pensar en ese bebé. Aférrate a ese bebé y que no te importe nada de lo que pase o deje de pasar. Tienes que hacerlo. Porque nadie más lo hará por ti. Y el resto de nosotros, bueno... estaremos a tu lado. Y sacaremos a Fonny de la cárcel. De eso no te preocupes. Sé que es difícil... pero no te preocupes. Ese hijo tiene que ser lo mejor que le haya ocurrido a Fonny. Necesita a ese hijo. Le dará mucho valor.

Y, como suele hacer en algunas ocasiones, mamá me puso un dedo bajo el mentón y me miró a los ojos, sonriendo.

–¿Me has entendido bien, Tish?

–Sí, mamá. Sí.

–Pues cuando papá y Ernestine lleguen a casa, todos nos sentaremos alrededor de la mesa y yo daré la noticia a la familia. Creo que así será más fácil, ¿no te parece?

–Sí, sí.

Mamá se levantó de la cama.

–Vamos, quítate esa ropa y acuéstate un ratito. Después vendré a llamarte.

Abrió la puerta.

–Sí, mamá... ¿Mamá?

–¿Qué, Tish?

–Gracias, mamá.

Se echó a reír.

–Vaya, Tish, hija, no sé por qué me das las gracias, pero es muy amable de tu parte.

Cerró la puerta. La oí moverse en la cocina. Me quité el abrigo y los zapatos y me tumbé en la cama. Era la hora en que empieza a oscurecer, cuando comienzan a oírse los ruidos nocturnos.

Sonó el timbre de la puerta. Oí que mamá gritaba «¡Voy enseguida!», y después volvió a entrar en el cuarto. Traía un vaso con un poco de whisky.

–Vamos. Siéntate. Tómate esto. Te hará bien.

Cerró la puerta al salir y oí sus tacones dirigiéndose por el pasillo hasta la entrada. Era papá. Estaba de buen humor: pude oír su risa.

–¿Aún no ha vuelto Tish?

–Está dentro, descansando un rato. Volvió molida de cansancio.

–¿Ha visto a Fonny?

–Sí, lo ha visto. Y también ha visto el interior de las Tumbas. Por eso le he dicho que se acostara.

–¿Qué pasa con el abogado?

–Irá a verlo el lunes.

Papá hizo chasquear la lengua, oí que abría la nevera, la cerraba y se servía una cerveza.

–¿Dónde está Sis?

–Ya vendrá. Ha tenido que quedarse a trabajar hasta tarde.

–¿Cuánto crees que nos costarán esos malditos abogados antes de que termine todo este asunto?

–Joe, sabes muy bien que no puedo responderte a eso.

–Bueno. Pero seguro que se forrarán a nuestra costa, esos cabrones hijos de puta.

–Amén a eso.

Mientras tanto, mamá se había servido un poco de ginebra con zumo de naranja y se había sentado frente a él. Mecía el pie en el aire; pensaba en lo que vendría después.

–¿Cómo te ha ido hoy?

–Bien.

Papá trabaja en el puerto. Ya no se embarca. «Bien» significaba que no habría tenido que maldecir a más de una o dos personas durante el día, ni amenazado con matar a nadie.

Fonny regaló a mamá una de sus primeras esculturas. Eso fue hace casi dos años. Hay algo en esa estatua que me hace pensar en papá. Mamá la puso sobre una mesita en la sala. No es muy grande y está hecha de madera negra. Representa a un hombre desnudo, con una mano en la frente y la otra ocultando a medias los genitales. Tiene las piernas largas, muy largas, y muy abiertas, y un pie parece plantado, incapaz de moverse, y la sensación que produce toda la figura resulta angustiosa. Parecía muy raro que alguien tan joven hubiera esculpido semejante estatua, o al menos lo parecía hasta que pensabas un poco en ello. Fonny iba a una escuela vocacional de esas donde enseñan a los chicos a hacer toda clase de tonterías, cosas realmente inútiles como mesitas para jugar a las cartas, escabeles y cómodas que nunca va a comprar nadie, porque ¿quién compra muebles hechos a mano? A los ricos ni se les ocurre. Dicen que esos chicos son tontos y por eso les enseñan a trabajar con las manos. Esos chicos no son tontos. Pero la gente que dirige esas escuelas hace todo lo posible para que no se vuelvan más listos: lo que hacen en realidad es enseñarles a ser esclavos. Fonny no estaba dispuesto a seguirles el juego, así que acabó por largarse, llevándose antes casi toda la madera del taller. Aquello le tomó casi una semana, un día herramientas, al día siguiente madera; claro que la madera era un problema, porque no podía metérsela en el bolsillo o bajo el abrigo. Al final, él y un amigo entraron por la noche en la escuela, vaciaron casi todo el taller y cargaron la madera en el coche del hermano del amigo. Escondieron parte de la madera en el sótano de un conserje que era conocido suyo, y Fonny llevó las herramientas a mi casa. Todavía queda un poco de esa madera bajo mi cama.

Fonny había encontrado algo que podía hacer, que quería hacer, y eso lo salvó de la muerte que siempre acechaba a los chicos de nuestra edad. Aunque la muerte adquiría formas variadas, aunque la gente moría muy joven y de maneras muy diferentes, la muerte misma era muy simple. Y la causa también era muy simple, tan simple como una peste: les habían dicho a los chicos que no valían una mierda y todo lo que veían a su alrededor lo demostraba. Luchaban, luchaban, pero caían como moscas y se amontonaban como moscas sobre las montañas de basura que eran sus vidas. Y quizá me aferré a Fonny, quizá Fonny me salvó a mí, porque él era casi el único chico de los que conocía que no se drogaba, ni bebía vino barato, ni robaba a la gente, ni atracaba tiendas, y nunca se planchó el pelo: no le importaba tenerlo tan rizado. Para poder comer se puso a trabajar de cocinero en un pequeño asador y encontró un sótano donde poder esculpir sus maderas. Y se pasaba en nuestra casa mucho más tiempo que en la suya.

En su casa siempre había peleas. La señora Hunt no podía aguantar a Fonny, o el modo de ser de Fonny, y las dos hermanas se ponían de parte de su madre, sobre todo porque... bueno, por entonces su situación era terrible. Las habían educado para casarse, pero no encontraban a nadie en su entorno que les pareciera digno de ellas. No eran más que dos chicas normales de Harlem, aunque se habían esforzado para ir a estudiar al City College. Pero allí las cosas tampoco pintaban nada bien para ellas: los hermanos que ya se habían graduado no querían saber nada de ellas; los que querían mujeres negras buscaban mujeres negras, y los que querían blancas las buscaban blancas. Así estaban las cosas, y las hermanas le echaban toda la culpa a Fonny. Entre los rezos de la madre, que más parecían maldiciones, y las lágrimas de las hermanas, que más parecían orgasmos, Fonny no tenía mucha alternativa. Frank tampoco se sentía muy a gusto con aquellas brujas. Siempre estaba furioso, y no se imaginan ustedes los gritos que se oían en aquella casa. Y Frank había empezado a beber. No lo culpo. A veces también él se pasaba por nuestra casa, fingiendo que venía a buscar a Fonny. Para él las cosas eran mucho peores que para su hijo; había perdido la sastrería y trabajaba en una fábrica de ropa. Ahora era él quien dependía de Fonny, del mismo modo que Fonny antes había dependido de él. En todo caso, como comprenderán, ninguno de los dos tenía otra casa adonde ir. Frank iba a los bares, pero a Fonny no le gustaban.

La misma pasión que salvó a Fonny lo hizo meterse en líos y lo llevó a la cárcel. Porque, ¿saben?, había encontrado su centro, su propio centro, dentro de sí mismo; y lo demostraba. Él no era el negro de nadie. Y eso es un crimen en este país de mierda que, según dicen, es libre. Aquí uno tiene que ser el negro de alguien. Y cuando no eres el negro de nadie, eres un mal negro: eso es lo que la policía decidió cuando Fonny se mudó al centro.

Ernestine acababa de llegar a casa, toda ella huesos. La oí bromear con papá.

Trabaja en un hogar infantil en el centro de la ciudad. Allí hay chavales de hasta catorce años o así, de todos los colores, niños y niñas. Es un trabajo muy duro, pero a ella le gusta. Supongo que si no le gustara no podría aguantarlo. Es raro lo que a veces sucede con la gente. De pequeña, Ernestine era increíblemente presumida. Siempre andaba arreglándose el pelo y se pasaba todo el tiempo mirándose en el maldito espejo, como si no pudiese creer lo guapa que era. Yo la odiaba. Como tenía unos cuatro años más que yo, apenas me prestaba atención. Nos peleábamos como perro y gato, o más bien como dos perras.

Mamá procuraba no dar demasiada importancia a todo aquello. Pensaba que Sis (yo la llamaba Sis, «hermanita»: una manera de evitar su nombre, y también, quizá, de reclamar su cariño) probablemente estaba hecha para el mundo del espectáculo y que terminaría subida a un escenario. Esa idea no le llenaba el corazón de alegría, pero tenía que recordar que ella, mi madre, Sharon, había querido ser cantante de joven.

De repente, casi podría decirse que de la noche a la mañana todo cambió. Sis dio un gran estirón, se puso muy alta y muy flaca. Empezó a usar pantalones, se recogía el pelo y devoraba libros como si no hubiera un mañana. Cada vez que volvía de la escuela, me la encontraba hecha un ovillo en algún sillón o tirada en el suelo, leyendo. Dejó de leer periódicos. Dejó de ir al cine. «Ya me he hartado de todas esas mentiras de los blancos –decía–. Ya me han jodido bastante la cabeza.» Al mismo tiempo, no se volvió estirada ni desagradable, ni nos dio la lata, al menos durante un buen tiempo, sobre las cosas que leía. Empezó a mostrarse mucho más agradable conmigo. Y empezó a cambiarle la cara: se le puso más huesuda, más personal, mucho más hermosa. Y sus largos y estrechos ojos fueron ensombreciéndose por las cosas que empezaban a ver.

Abandonó sus planes de estudiar en la universidad y durante algún tiempo trabajó en un hospital. Allí conoció a una niña: estaba muriéndose y, ya a los doce años, era una yonqui. Y no era negra. Era puertorriqueña. Fue entonces cuando Ernestine empezó a trabajar con chavales.

–¿Dónde está Jezebel?

Sis empezó a llamarme Jezebel cuando conseguí un empleo en la sección de perfumes de los grandes almacenes donde ahora trabajo. Pensaron que sería un gesto muy audaz, muy progresista, dar ese puesto a una muchacha de color. Me paso el día entero tras ese maldito mostrador, sonriendo hasta que se me acalambra la mandíbula, dejando que viejas señoras cansadas me huelan el dorso de la mano. Sis afirmaba que cuando volvía a casa olía como una puta de Luisiana.

–Está en casa. Se ha acostado un rato.

–¿Se encuentra bien?

–Está cansada. Ha visto a Fonny.

–¿Cómo lo lleva Fonny?

–Va tirando.

–Oh, Dios, necesito un trago. ¿Quieres que cocine yo?

–No. Dentro de un minuto me pondré a ello.

–¿Ha visto Jezebel al señor Hayward?

Arnold Hayward es el abogado. Ella me lo consiguió a través del hogar infantil, que, después de todo, se vio obligado a tratar con abogados.

–No. Lo verá el lunes, después del trabajo.

–¿Irás con ella?

–Creo que será lo mejor.

–Sí, yo también lo creo. Papá, no le des tanto a la cerveza, que te vas a poner como un tonel... Yo llamaré al señor Hayward desde el trabajo, antes de que lleguéis a su despacho. ¿Quieres un chorrito de ginebra en esa cerveza, viejo?

–Más vale que cierres esa boca, hija querida, antes de que me levante…

–¡Levántate! ¡Venga!

–… y te dé una buena. Harías bien en escuchar a Aretha cuando canta «Respect». ¿Sabes? Tish cree que ese abogado quiere más dinero.

–Papá, ya le hemos pagado el anticipo. Por eso ninguno de nosotros tiene ropa. Y sé que tendremos que pagar muchos gastos. Pero el señor Hayward no tiene por qué recibir más dinero hasta que empiece el juicio.

–Dice que es un caso muy peliagudo.

–Al carajo. ¿Para qué sirven los abogados?

–Para ganar dinero –dijo mamá.

–Bueno. ¿Alguno de vosotros ha hablado con los Hunt últimamente?

–No quieren saber ni una palabra del asunto, ya lo sabes. La señora Hunt y sus dos camelias se sienten deshonradas. Y el pobre Frank no tiene un centavo.

–Bueno, no hablemos mucho de esto delante de Tish. Ya nos las arreglaremos.

–Mierda. Tenemos que arreglárnoslas. Fonny es como uno de nosotros.

–Es uno de nosotros –dijo mamá.

Encendí la luz del dormitorio para que supieran que ya estaba despierta y me miré en el espejo. Me arreglé un poco el pelo y fui a la cocina.

–Bueno –dijo Sis–, aunque no puedo decir que la siestecita te haya sentado demasiado bien, me admira la forma en que perseveras…

Mamá dijo que si queríamos cenar sería mejor que moviéramos nuestros traseros fuera de la cocina, así que nos fuimos a la sala.

Me senté en el escabel, apoyada en las rodillas de papá. Eran las siete y las calles estaban llenas de ruidos. Me sentía muy relajada después de ese día tan largo, y mi hijo empezaba a ser algo muy real para mí. No quiero decir que antes no lo hubiera sido; pero ahora, en cierto modo, estaba a solas con él. Sis había dejado las luces muy bajas. Puso un disco de Ray Charles y se sentó en el sofá.

Yo escuchaba la música y los ruidos de la calle, y la mano de papá descansaba suavemente sobre mi pelo. Y todo parecía estar conectado: los ruidos de la calle, y la voz de Ray y su piano, y la mano de papá y la silueta de mi hermana, y los sonidos y las luces que llegaban de la cocina. Era como si fuéramos un cuadro, inmovilizado en el tiempo: era algo que llevaba ocurriendo desde hacía cientos de años, gente sentada en un cuarto, esperando la cena y escuchando blues. Y era como si, a partir de todos esos elementos, esa espera paciente, el tacto de mi padre, los ruidos que mi madre hacía en la cocina, el modo en que incidía la luz, la manera en que la música se prolongaba por debajo de todo, el movimiento de la cabeza de Ernestine al encender un cigarrillo, el movimiento de su mano al dejar caer la cerilla en el cenicero, el barullo de voces confusas que subían de la calle, era como si a partir de toda esa furia y de todo ese dolor permanente y, de algún modo, triunfante, empezara a formarse lentamente mi hijo. Me preguntaba si tendría los ojos de Fonny. Como alguien se había preguntado –y no hacía tanto tiempo, después de todo– por los ojos de Joseph, mi padre, cuya mano descansaba ahora sobre mi cabeza. Lo que me impactó de repente, más que cualquiera otra cosa, fue algo que ya sabía aunque no hubiera pensado en ello: ese hijo era de Fonny y mío, lo habíamos hecho juntos, era nosotros dos. Yo no tenía una idea muy clara de mí misma ni de Fonny. ¿Cómo éramos en realidad? Pero eso, de algún modo, me llevó a pensar en Fonny y me hizo sonreír. Mi padre me acarició la frente con la mano. Pensé en el roce de Fonny, en Fonny entre mis brazos, su aliento, su tacto, su olor, su peso, esa presencia hermosa y terrible cabalgándome y su jadeo enmarañándose, como enredado en un hilo de oro, cada vez más hondo en su garganta mientras me cabalgaba... mientras me cabalgaba hundiéndose cada vez más y más profundamente no tanto dentro de mí como en un reino que se extendía más allá de sus ojos. Así es como Fonny trabajaba la madera. Así es como trabajaba la piedra. Si nunca lo hubiera visto trabajar, quizá nunca habría sabido que me amaba.

Es un milagro darse cuenta de que alguien te ama.

–Tish.

Ernestine me hacía un ademán con el cigarrillo.

–¿Sí?

–¿A qué hora irás a ver al abogado el lunes?

–Después de la visita de las seis. Estaré allí a eso de las siete. Me ha dicho que de todos modos se quedará trabajando hasta tarde.

–Si te habla de dinero, dile que me llame. ¿Me oyes?

–No sé de qué servirá. Si quiere más dinero, quiere más dinero...

–Haz lo que te dice tu hermana –intervino papá.

–Contigo no hablará del mismo modo que conmigo –dijo Ernestine–. ¿Entiendes?

–Sí –dije al fin–. Lo entiendo.

Pero, por motivos que no podía explicar, algo en la voz de Ernestine me heló la sangre en las venas. Volví a sentirme como me había sentido durante todo el día, a solas con mi aflicción. Nadie podía ayudarme, ni siquiera Sis. Ella estaba resuelta a ayudarme, y yo lo sabía muy bien. Pero quizá me daba cuenta de que también ella estaba asustada, aunque procuraba parecer calmada y fuerte. Comprendí que sabía mucho del asunto a causa de los chavales del hogar. Quería preguntarle cómo funcionaba todo aquello. Quería preguntarle si de verdad funcionaba...

Cuando no tenemos visitas cenamos en la cocina, que quizá sea la estancia más importante de la casa, el lugar donde ocurre todo, donde las cosas empiezan, adquieren forma y terminan. Esa noche, cuando terminamos de cenar, mamá se acercó al aparador y volvió con una vieja botella, una botella que guardaba desde hacía años, de un coñac francés muy añejo. Era un vestigio de su época de cantante, de sus días con el batería. Era la última botella que le quedaba y estaba intacta. La puso sobre la mesa, frente a Joseph, y dijo:

–Ábrela.

Sacó cuatro vasos y esperó allí de pie mientras él la abría. Ernestine y Joseph parecían preguntarse qué diablos le había dado a mamá; pero yo sabía por qué lo hacía, y el corazón me saltaba dentro del pecho.

Papá abrió la botella y mamá dijo:

–Tú eres el hombre de la casa, Joe. Sirve.

Es raro lo que sucede con la gente. Un segundo antes de que pase algo, la gente ya casi lo sabe. Incluso lo sabe del todo, estoy convencida. Aunque no haya tenido tiempo –y ya no lo tendrá– de decírselo a sí misma. La cara de papá cambió de un modo que no puedo describir. Sus facciones se tornaron rígidas como la piedra, cada línea y cada ángulo parecían esculpidos, y sus ojos adquirieron un negro más profundo. Esperaba, indefenso, lo imprevisto: algo que ya sabía que se traduciría en palabras, se haría realidad, nacería.

Sis observaba a mamá con ojos muy serenos, con sus ojos muy alargados y estrechos. Sonreía apenas.

Nadie me miraba. Para ellos, en ese momento, yo estaba allí por algo que no tenía nada que ver conmigo. Para ellos, en ese momento, yo estaba allí como estaba presente Fonny, como mi hijo, apenas empezando, saliendo de un sueño muy, muy largo, para volverme, para oír, para despertar en algún lugar muy dentro de mi corazón.

Papá sirvió el coñac y mamá nos dio un vaso a cada uno. Miró a Joseph, después a Ernestine, después a mí. Me sonrió.

–Esto es un sacramento –dijo–, y no, no me he vuelto loca. Bebemos por una nueva vida. Tish va a tener un hijo de Fonny. –Tocó a Joseph y agregó–: Bebe.

Papá se mojó los labios, mirándome fijamente. Era como si nadie pudiera hablar antes de que él lo hiciera. Le devolví la mirada. No sabía qué iría a decirme. Joseph dejó el vaso sobre la mesa. Después lo tomó de nuevo. Trataba de hablar; quería hablar; pero no podía. Y me miraba como si intentara encontrar algo, algo que mi cara pudiera decirle. Una sonrisa extraña flotaba en torno a su cara, no *en* su cara, y parecía estar viajando, hacia atrás y hacia delante a la vez, en el tiempo.

–Es una noticia tremenda –dijo al fin. Entonces tomó un poco más de coñac y agregó–: ¿No piensas brindar por la criatura, Tish?

Tragué un poco de coñac y tosí, y Ernestine me palmeó la espalda. Después me abrazó. Tenía lágrimas en la cara. Me sonrió, pero sin decirme nada.

–¿De cuánto estás? –preguntó papá.

–De unos tres meses –dijo mamá.

–Sí. Es lo que me imaginaba –dijo Ernestine, sorprendiéndome.

–¡Tres meses! –exclamó papá, como si cinco meses o dos meses hubieran supuesto alguna diferencia y hubieran tenido más sentido.

–Desde marzo –dije.

Habían arrestado a Fonny en marzo.

–Fue cuando estuvisteis buscando un lugar donde vivir juntos y poder casaros –dijo papá.

Su cara estaba llena de preguntas, y creo que podría habérselas hecho a un hijo –o, por lo menos, creo que un hombre negro podría haberlas hecho–, pero a una hija no. Durante un instante sentí rabia, luego se me pasó. Padres e hijos son una cosa. Padres e hijas son otra.

De nada sirve tratar de escudriñar en ese misterio, que está tan lejos de ser simple como seguro. No sabemos lo suficiente acerca de nosotros mismos. Creo que es mejor saber que no sabemos, de ese modo podemos ir creciendo con el misterio a medida que el misterio crece en nosotros. Pero en estos días, desde luego, todo el mundo sabe de todo, y por eso hay tanta gente que está tan perdida.

Pero me pregunté cómo se tomaría Frank la noticia de que su hijo, Fonny, iba a ser padre. Entonces me di cuenta de que lo primero que pensaba todo el mundo era: «¡Pero Fonny está en la cárcel!». Frank lo pensaría, ese sería su primer pensamiento. Frank pensaría: «Si algo ocurre, mi hijo nunca verá a su bebé». Y Joseph pensaría: «Si algo ocurre, el hijo de mi pequeña no tendrá padre». Sí, ese era el pensamiento, no formulado, que tensaba el aire en nuestra cocina. Y sentí que debía decir algo. Pero estaba muy cansada. Me apoyé en el hombro de Ernestine. No tenía nada que decir.

–¿Estás segura de que quieres tener a ese hijo, Tish? –me preguntó mi padre.

–Oh, sí –dije–. ¡Y Fonny también lo quiere! Es nuestro hijo. ¿No lo entiendes? Y Fonny no tiene la culpa de estar en la cárcel, no es como si se hubiera largado o algo por el estilo. Además –y esa era la única manera en que podía contestar a las preguntas que mi padre no me había planteado–, siempre hemos sido muy buenos amigos, desde que éramos pequeños. Tú lo sabes. Y ahora ya estaríamos casados, si... si...

–Tu padre lo sabe –intervino mamá–. Solo está preocupado por ti.

–No vayas a pensar que creo que eres una mala chica o alguna tontería por el estilo –dijo papá–. Te lo he preguntado porque eres muy joven, eso es todo, y...

–Será duro, pero nos las arreglaremos –dijo Ernestine.

Ella conoce a papá mejor que yo. Creo que es porque, desde que éramos pequeñas, Ernestine tenía la sensación de que nuestro padre me quería más a mí que a ella. Eso no es cierto, y Ernestine lo sabe ahora –la gente quiere a la gente de maneras muy distintas–, pero de pequeña sentía que era así. Yo parezco incapaz de arreglármelas por mí misma; a ella parece que nada pueda detenerla. Ante los que parecen indefensos, la gente reacciona de un modo; ante los que parecen fuertes, o se hacen los fuertes, la gente reacciona de otro modo. Y como no podemos ver lo que los demás ven, esto puede resultar muy doloroso. Creo que tal vez fuera ese el motivo por el que Sis estaba siempre delante de aquel maldito espejo cuando solo éramos unas niñas. Se diría: «No me importa. Me tengo a mí misma». Desde luego, eso la hacía sentirse cada vez más fuerte, precisamente el efecto opuesto al que deseaba; pero así es como somos, y por eso a veces nos jodemos tanto a nosotros mismos. De todos modos, Ernestine ya ha dejado atrás todo aquello. Ahora sabe quién es, o, al menos, sabe quién no es; y como ya no la asustan los estallidos de esas fuerzas que habitan en su interior y que ha aprendido a utilizar y dominar, es capaz de hacer frente a cualquier cosa. Por eso puede interrumpir a papá cuando él está hablando, algo que yo soy incapaz de hacer. Ernestine se apartó un poco de mí y me puso el vaso en la mano.

–Levanta la cabeza, hermana –dijo alzando su vaso y entrechocándolo con el mío–. Salvemos a los niños –añadió, en voz muy baja, y apuró el coñac.

–Por el que va a nacer –brindó mamá.

Y papá dijo:

–Espero que sea varón. Apuesto a que eso haría que se le cayera la baba al viejo Frank. –Después me miró y me preguntó–: ¿Te importa si soy yo quien se lo dice, Tish?

–No, no me importa.

–Muy bien, pues –dijo papá, sonriendo–, entonces iré a verlo enseguida.

–Será mejor que lo llames antes –sugirió mamá–. Ya sabes que no para mucho por su casa.

–Pues yo quiero ser quien se lo diga a las hermanas –dijo Ernestine.

Mamá se echó a reír, y luego propuso:

–Joe, ¿por qué no llamas y les dices que vengan todos aquí? Diablos, es sábado por la noche y aún no es muy tarde, y todavía queda mucho coñac en la botella. Y ahora que lo pienso, es la mejor manera de anunciarlo.

–¿Te parece bien, Tish? –me preguntó papá.

–No nos queda más remedio –contesté.

Entonces papá se levantó y, después de mirarme un instante, fue a la sala para llamar por teléfono. Podría haber usado el que está colgado en la pared de la cocina, pero tenía esa sonrisa rígida que se le pone en la cara cuando sabe que tiene que ocuparse personalmente de un asunto y no quiere que nadie se entrometa.

Lo oímos marcar el número. Era el único sonido en toda la casa. Después pudimos oír el sonido del tono de llamada al otro lado de la línea. Papá se aclaró la garganta.

–¿Señora Hunt…? Ah, buenas noches, señora Hunt. Soy Joe Rivers. Por favor, ¿podría hablar con Frank, si es que está en casa? Gracias, señora Hunt.

Mamá gruñó e hizo un guiño a Sis.

–¡Hola! ¿Cómo estás? Sí, soy Joe. Estoy muy bien, hombre, tirando, como siempre. Oye… Ah, sí, Tish lo ha visto esta tarde, el muchacho está bien… Sí… A decir verdad, tengo muchas cosas que hablar contigo. Por eso te llamo… No, no puedo decírtelo por teléfono. Oye. Es algo que nos concierne a todos… Sí… Oye. Deja de hablar de una vez. Tan solo montaos todos en el coche y venid para aquí. Ahora mismo. Sí. Eso es. Ahora mismo… ¿Cómo…? Escúchame bien, te he dicho que es algo que nos concierne a todos… Aquí tampoco hay nadie arreglado, por mí como si tu mujer se quiere venir con la puta bata… Cállate, pedazo de… Estoy tratando de ser amable. Joder. No te pongas así… Tú métela de una vez en el asiento trasero del coche y vente para acá enseguida. La cosa es seria… Eh, compra unas latas de cerveza, te pagaré cuando llegues… Sí… Oye, ¿quieres colgar de una vez y mover tu culo, vuestro culo colectivo, hombre…? Dentro de un minuto. Hasta luego.

Volvió a la cocina sonriendo.

–La señora Hunt se está vistiendo –dijo, y se sentó. Después me miró y sonrió: una sonrisa maravillosa–. Ven aquí, Tish. Siéntate en las rodillas de tu papá.

Me sentí como una princesa. Juro que me sentí así. Me tomó en sus brazos, me acomodó en su regazo, me besó en la frente y me pasó la mano por el pelo, al principio con tosquedad, después muy suavemente.

–Eres una buena chica, Clementine –me dijo–. Estoy orgulloso de ti. Nunca lo olvides.

–No lo olvidará –dijo Ernestine–. Le daré unos buenos azotes en el culo si lo olvida.

–¡Pero si está embarazada! –exclamó mamá, y tomó un trago de coñac.

Entonces todos nos echamos a reír. Mi padre empezó a sacudirse por la risa, sentía su pecho subiendo y bajando entre mis omoplatos, y esa risa suya contenía una alegría furiosa, un alivio indecible, a pesar de todo lo que pendía sobre nuestras cabezas. Yo era su hija, muy bien; yo había encontrado alguien a quien querer y era querida, y él se sentía liberado y realizado. El hijo que yo llevaba en mi vientre también era, después de todo, hijo suyo, porque sin Joseph no habría existido Tish. Nuestra risa en aquella cocina era nuestra indefensa respuesta a un milagro. Ese hijo era nuestro hijo, estaba en camino, la enorme mano de mi padre sobre mi vientre lo protegía, dándole calor; a pesar de todo lo que pendía sobre nuestras cabezas, esa criatura era una promesa de seguridad. El amor lo había enviado, lo había hecho surgir de nosotros, hacia nosotros. Hacia dónde podría llevarnos nadie lo sabía aún; pero ahora mi padre, Joe, estaba dispuesto a todo. De un modo más definitivo y más profundo que sus propias hijas, esa criatura era la simiente de su hombría. Y ninguna hoz podría segarle la vida hasta que naciera. Y casi me parecía que también el bebé sentía lo mismo, ese bebé que aún no se movía... casi lo sentí saltar contra la mano de mi padre y patearme las costillas. Algo cantó y susurró dentro de mí, y entonces sentí la terrible náusea del embarazo y dejé caer la cabeza sobre el hombro de mi padre. Él me sostuvo. Había un gran silencio. La náusea pasó.

Sharon nos observaba, sonriendo, meciendo un pie en el aire, pensando. Le hizo otro guiño a Ernestine.

–¿Deberíamos cambiarnos de ropa para recibir a la señora Hunt? –preguntó poniéndose en pie.

Y todos volvimos a estallar en risas.

–Escuchad, tenemos que ser amables –dijo Joseph.

–Seremos amables –dijo Ernestine–. Sabe Dios que lo seremos. Nos educaste muy bien. Lo único que no hiciste fue comprarnos ropa. ¡Y la señora Hunt y esas dos hermanitas tienen guardarropas enteros! –dijo mirando a mamá–. No vale la pena tratar de competir con ellas –añadió con desánimo, y se sentó.

–Yo nunca tuve una sastrería –dijo Joseph, y me miró a los ojos, sonriendo.

La primera vez que Fonny y yo hicimos el amor fue algo muy extraño. Y fue extraño porque los dos lo veíamos venir desde hacía tiempo. Aunque, a decir verdad, esto no es exacto. No lo vimos venir. De repente, estaba allí, y entonces nos dimos cuenta de que siempre había estado allí, esperando. No habíamos visto el momento. Pero el momento nos había visto a nosotros, desde muy lejos... allí sentado, esperándonos, completamente libre... el momento, jugando a las cartas, arrojando rayos, partiendo espinazos, esperándonos de forma inexorable, mientras deambulábamos juntos al regresar de clase sin saber que nos encaminábamos a nuestra cita.

Mirad. En una ocasión que ahora parece muy, muy lejana, eché agua sobre la cabeza de Fonny y le froté la espalda en la bañera. Juro que no recuerdo haberle visto el sexo, aunque, desde luego, tuve que vérselo. Nunca habíamos jugado a médicos y enfermeras, aunque yo hubiera jugado con otros niños a ese juego bastante aterrador, y Fonny sin duda lo hubiera jugado con otras niñas, y con niños. Tampoco recuerdo que hubiéramos sentido nunca ninguna curiosidad respecto al cuerpo del otro... debido a la astucia de ese momento acechante que sabía que íbamos a su encuentro. Fonny me quería demasiado, nos necesitábamos demasiado el uno al otro. Éramos parte del otro, carne del otro, lo cual significaba que nuestra presencia nos resultaba tan natural que ninguno de los dos pensaba jamás en la carne. Él tenía piernas y yo tenía piernas: eso no era todo lo que sabíamos, pero era todo lo que usábamos. Las piernas nos permitían subir y bajar escaleras, y, siempre, nos llevaban al uno hacia el otro.

Pero eso significaba que nunca hubo ocasión para la vergüenza entre nosotros. Durante mucho tiempo tuve el pecho muy plano. Solo ahora, a causa del bebé, empiezan a notárseme los pechos; de hecho, aún no tengo caderas. A Fonny le gustaba tanto que nunca se le ocurrió que pudiera quererme. Y él me gustaba tanto que para mí ningún otro muchacho era real. A los demás no los veía. Yo no sabía lo que significaba eso. Pero ese momento acechante, que nos había estado espiando por el camino, que nos estaba esperando, sí lo sabía.

Fonny tenía veintiún años y yo dieciocho cuando, una noche, me besó al despedirse y sentí que su sexo se estremecía contra mi cuerpo. Fonny se apartó. Le di las buenas noches y corrí escaleras arriba mientras él corría escaleras abajo. Esa noche no pude dormir: algo había ocurrido. Y Fonny no se presentó en mi casa, ni tampoco lo vi, durante dos o tres semanas. Fue entonces cuando esculpió esa figura de madera para mamá.

El día que se la regaló era sábado. Después de dársela, los dos salimos de casa y fuimos a dar una vuelta. Me sentía tan feliz por verlo después de tanto tiempo que tenía ganas de llorar. Y todo era tan diferente... Caminaba por calles que eran nuevas para mí. Como lo eran los rostros con los que me cruzaba. Nos movíamos en un silencio que era como una música que surgía de todas partes. Quizá por primera vez en mi vida era feliz, y sabía que era feliz, y Fonny me tomaba de la mano. Era como aquella mañana de domingo, tanto tiempo atrás, en que la madre de Fonny nos había llevado a la iglesia.

Esta vez Fonny no se había peinado con raya y tenía el pelo muy revuelto. No llevaba el traje azul, no llevaba ningún traje. Vestía una vieja cazadora negra y roja, y unos viejos pantalones de pana gris. Sus robustos zapatos estaban muy gastados; y olía a trabajo, a cansancio.

Era el hombre más hermoso que había visto en mi vida.

Fonny caminaba muy despacio con sus largas piernas arqueadas. Bajamos las escaleras del metro, él sin soltarme la mano. Cuando llegó el tren, estaba atestado, y Fonny me rodeó con un brazo para protegerme. De repente lo miré a la cara. Es imposible describir esto, y no debería intentarlo. La cara de

Fonny era más grande que el mundo, sus ojos más profundos que el sol, más vastos que el desierto. Todo lo que había ocurrido desde el principio de los tiempos estaba en su cara. Sonreía: una tenue sonrisa. Le miré los dientes: vi el sitio exacto donde había estado el diente que le faltaba, aquel día que me escupió en la boca. El tren se sacudía, me apretó más fuerte contra él, y en su interior pareció crecer una especie de suspiro contenido que yo nunca había oído.

Es asombroso descubrir por primera vez que alguien ajeno a ti tiene cuerpo: el hecho de descubrir que tiene cuerpo es lo que lo convierte en ajeno. Y eso significa que tú también tienes un cuerpo. Vivirás con él para siempre, y conformará el lenguaje de tu vida.

Y también fue increíblemente asombroso para mí descubrir que yo era virgen. De verdad lo era. De pronto me pregunté cómo, y por qué. Pero era porque siempre había sabido, sin siquiera pensar en ello, que pasaría la vida junto a Fonny. La idea de que pudiera ser de otra manera jamás se me había pasado por la cabeza. Y eso significaba que no solo era virgen; seguía siendo una niña.

Bajamos en Sheridan Square, en el Village. Caminamos hacia el este, por la Cuatro Oeste. Como era sábado, las calles estaban repletas, enloquecidas de gente. Muchos eran jóvenes, era evidente que debían ser jóvenes; pero a mí no me lo parecían. Me asustaban, aunque no habría sabido decir por qué. Pensé que era porque sabían mucho más que yo. Y era cierto. Pero, en otro sentido que solo ahora empiezo a entender, no lo era tanto. Todo parecía unirlos: la forma de caminar, los ruidos, las risas, las ropas desaliñadas; unas ropas que eran copias de una pobreza tan inimaginable para ellos como inefablemente remota era su vida para mí. Había muchos negros y blancos juntos: era difícil determinar quién imitaba a quién. Eran tan libres que no creían en nada; y no comprendían que esa ilusión era su única verdad y que hacían exactamente lo que les habían dicho.

Fonny me miró. Serían entre las seis y las siete.

–¿Cómo estás?

–Muy bien. ¿Y tú?

–¿Quieres que cenemos aquí o prefieres esperar a que volvamos al barrio, o tienes ganas de ir al cine, o te apetece tomar un poco de vino o una cerveza o una taza de café? ¿O quieres que sigamos caminando un rato hasta que te decidas?

Sonreía con calidez y dulzura, y tiraba un poco de mi mano, haciéndola balancearse en el aire.

Me sentía muy feliz, pero también incómoda. Nunca me había sentido incómoda con él antes.

–Vayamos primero al parque.

No sabía bien por qué, pero prefería no meterme aún en ningún sitio.

–Vale –dijo él.

Y seguía teniendo esa extraña sonrisa en su cara, como si algo maravilloso le acabara de ocurrir y nadie más en el mundo lo supiera aún, salvo él. Pero pronto iba a decírselo a alguien, y sería a mí.

Cruzamos la Sexta Avenida, atestada de gente de todo tipo a la caza del sábado por la noche. Pero nadie nos miraba a nosotros, porque los dos estábamos juntos y los dos éramos negros. Más adelante, cuando tuve que caminar sola por esas calles, todo fue muy diferente, la gente era diferente, y desde luego yo ya no era una niña.

–Vamos por aquí –dijo Fonny, y empezamos a bajar por la Sexta hacia Bleecker Street.

Seguimos por Bleecker, y Fonny se paró un momento para mirar a través del gran ventanal del San Remo. No había ningún conocido suyo, y el lugar entero parecía cansado, desanimado, como alguien a punto de afeitarse y vestirse para asistir a una velada espantosa. Los clientes bajo la luz mortecina eran veteranos de guerras indescriptibles. Seguimos caminando. Ahora las calles estaban realmente abarrotadas, llenas de muchachos negros y blancos, y de policías. Fonny irguió un poco más la cabeza y me apretó ligeramente la mano. Había montones de chicos en la acera, delante de la atestada cafetería. En una gramola sonaba el «That's Life» de Aretha. Era muy raro. Todo el mundo estaba en las calles, moviéndose y hablando, como lo hace la gente en todas partes, pero nada parecía amistoso. Había algo duro y aterrador en el ambiente: de esa manera en que algo que parece real, pero no lo es, puede hacernos gritar de pánico. La escena no eran muy distinta de las que se veían en nuestro barrio, con los viejos y las viejas sentados en las entradas de las casas; con los niños corriendo arriba y abajo por la calle, los autos desplazándose lentamente en medio de todo ese tumulto, el coche policial estacionado en la esquina, con dos agentes dentro y otros policías caminando despacio y con aire chulesco por la acera. Era como nuestro barrio, en cierto modo, pero faltaba algo, o había algo de más, no sabría decirlo; pero era una escena que me asustaba. Había que abrirse paso con cuidado por ese lugar, porque toda esa gente estaba ciega. Nos empujaban, y Fonny me echó un brazo sobre los hombros. Pasamos por delante de la Minetta Tavern, atravesamos Minetta Lane, dejamos atrás el quiosco de la esquina y cruzamos en diagonal hacia el parque, que parecía acurrucado a la sombra de los enormes edificios nuevos de la Universidad de Nueva York y de los altos bloques de apartamentos al este y al norte. Pasamos junto a hombres que llevaban jugando al ajedrez a la luz de las farolas durante generaciones, y gente que paseaba a sus perros, y jóvenes de pelo brillante y pantalones muy ceñidos que echaban una rápida mirada a Fonny y después otra, resignada, a mí. Nos sentamos en el borde de piedra de la fuente seca, de cara hacia el arco. Había montones de personas a nuestro alrededor, pero yo seguía sintiendo esa terrible falta de cordialidad.

–A veces he dormido en este parque –dijo Fonny–. No es una buena idea. –Encendió un cigarrillo–. ¿Quieres uno?

–Ahora no.

Hasta ese momento había preferido estar al aire libre, pero ahora tenía ganas de meterme en algún sitio, de alejarme de esa gente y del parque.

–¿Por qué dormiste en el parque? –pregunté.

–Era tarde. No quería despertar a mis viejos. Y no tenía pasta.

–Podrías haber ido a nuestra casa.

–Bueno, tampoco quería despertaros a ninguno de vosotros. –Se guardó en el bolsillo el paquete de cigarrillos–. Pero ahora tengo un cuarto cerca de aquí. Después te lo enseñaré, si quieres verlo. –Me miró–. Tienes frío y estás cansada. Vayamos a comer algo, ¿quieres?

–Bueno. ¿Tienes dinero?

–Sí, me he sacado algunas monedillas, nena. Vamos.

Esa noche caminamos mucho, porque Fonny me llevó hacia el oeste, por Greenwich, más allá de la cárcel de mujeres, hasta un pequeño restaurante español donde Fonny conocía a todos los camareros y ellos lo conocían a él. Y esa gente era muy distinta de la que había en las calles, sus sonrisas eran distintas, y yo me sentía como en casa. Era sábado, pero aún era temprano y nos instalaron en una mesita del fondo, no para que la gente no nos viera, sino porque les alegraba que hubiéramos ido y querían que nos quedáramos el mayor tiempo posible.

Yo no tenía mucha experiencia en materia de restaurantes, pero Fonny sí; además, hablaba un poco de español, y me di cuenta de que los camareros le hacían bromas sobre mí. Y entonces me acordé, en el momento en que me presentaban a nuestro camarero, Pedrito –lo cual significaba que era el más joven–, de que en el barrio nos llamaban Romeo y Julieta y siempre nos hacían bromas. Pero no eran como las de aquí.

Algunos días que me tomaba libres y visitaba a Fonny al mediodía y después, de nuevo, a las seis, caminaba desde Centre Street hasta Greenwich y me sentaba al fondo de ese restaurante, y ellos me daban de comer, en silencio y asegurándose de que comía... aunque fuera algo; en más de una ocasión, Luisito, que acababa de llegar de España y apenas hablaba inglés, se llevaba fría la tortilla que me había preparado y que yo ni siquiera había tocado, y me traía otra caliente, diciéndome: «Señorita, por favor. Tiene que mantenerse fuerte, por él y por el muchacho. Fonny no nos perdonará si la dejamos morir de hambre. Somos sus amigos. Él confía en nosotros. Usted también debe confiar en nosotros». Me servía un poco de vino tinto. «El vino es bueno. Vamos, des-pa-ci-to…» Yo bebía un sorbo. Luisito sonreía, pero no se apartaba hasta que yo empezaba a comer. Entonces decía «Será un varón», esbozaba una gran sonrisa y se iba. Esas personas me ayudaron durante muchos días terribles. Para mí era la gente más buena que había en Nueva York: se preocupaban por los demás. Cuando las cosas empeoraron, cuando empecé a sentirme muy pesada, con Joseph, Frank y Sharon trabajando, y Ernestine en plena batalla, esa gente se las arreglaba para tener que hacer recados en las inmediaciones de las Tumbas y, como si fuera la cosa más natural del mundo –lo era, para ellos–, me llevaban en coche a su restaurante y después de vuelta para la visita de las seis. Nunca los olvidaré, nunca: ellos lo saben.

Pero aquel sábado por la noche nosotros no lo sabíamos; Fonny no lo sabía, y éramos felices, todos nosotros. Pedí un margarita, aunque todos sabíamos que eso iba contra la maldita ley de mierda sobre consumo, y Fonny tomó un whisky, porque a los veintiuno ya tienes derecho legal a beber. Fonny tiene las manos grandes. Tomó las mías y las puso en las suyas.

–Más tarde quiero mostrarte algo –dijo.

Era difícil decir qué manos temblaban, qué manos sostenían a las otras.

–Vale –dije.

Fonny había pedido paella. Cuando nos la trajeron, separamos las manos y Fonny me sirvió con mucho esmero.

–La próxima vez te tocará a ti.

Reímos y empezamos a comer. Y tomamos vino. Y había velas en la mesa. Y llegaron otras personas, que nos miraban con aire raro, pero Fonny decía «Conocemos a los dueños de este tugurio», y nos echábamos a reír una vez más y nos sentíamos seguros.

Nunca había visto a Fonny fuera del mundo en que yo me movía. Lo había visto con su padre y con su madre y con sus hermanas, y también lo había visto en mi casa, con nosotros. Pero, ahora que lo pienso, no estoy segura de que alguna vez lo hubiera visto conmigo: no hasta ese momento en que ambos salíamos del restaurante y todos los camareros reían y hablaban con Fonny, en español y en inglés, y a él se le iluminaba la cara de un modo desconocido para mí, y su risa parecía subirle desde las pelotas, desde las pelotas de todos ellos... En verdad, yo nunca lo había visto en el mundo en que él se movía. Quizá fue solo entonces cuando lo vi conmigo, porque se había apartado de mí, riendo, aunque seguía tomándome de la mano. Era un extraño para mí, pero estaba conmigo. Nunca lo había visto con otros hombres. Nunca había presenciado el afecto y el respeto que los hombres pueden sentir unos por otros.

Desde entonces, he tenido mucho tiempo para pensar en estas cosas. Creo que la primera vez que una mujer advierte todo esto –aunque en aquella época yo no era aún una mujer–, lo advierte precisamente porque ama al hombre: de lo contrario, sería incapaz de percibirlo. Puede suponer una gran revelación. Y en este lugar y en estos tiempos de mierda, muchas mujeres quizá vean una amenaza en ese afecto, en esa energía que une a los hombres. Creen que se sienten excluidas. La verdad es que se sienten en presencia, por así decirlo, de un lenguaje que no logran descifrar y, por tanto, no pueden manipular, y por más que puedan hacer una montaña de todo esto, en el fondo saben que no es la sensación de estar excluidas lo que las aterra, sino la certeza de estar para siempre metidas en ello. Solo un hombre puede ver en el rostro de una mujer a la chica que ha sido antes. Es un secreto que solo puede revelarse a un hombre determinado, y, además, solo ante la insistencia de él. Pero los hombres no tienen secretos, salvo para las mujeres, y nunca maduran de la forma en que lo hacen ellas. Para ellos, madurar es mucho más difícil, es algo que les lleva mucho más tiempo, algo que nunca pueden alcanzar sin la ayuda de las mujeres. Este es un misterio que puede aterrar y paralizar a una mujer, y está siempre en la raíz de su más profunda desazón. La mujer debe vigilar y guiar, pero es el hombre quien debe llevar las riendas y siempre ha de aparentar que concede más atención a sus camaradas que a ella. Pero esa franqueza abierta y ruidosa que los hombres exhiben en su trato mutuo es lo que les permite enfrentarse al silencio y a la intimidad de las mujeres, ese silencio y esa intimidad que contiene la verdad del hombre, y la saca a luz. Supongo que la raíz del resentimiento –un resentimiento que oculta un terror infinito– tiene que ver con el hecho de que toda mujer está inexorablemente controlada por la imagen que el hombre crea de ella en su imaginación: literalmente, hora tras hora, día tras día; hasta que se convierte en mujer. Pero un hombre existe en su propia imaginación y nunca puede estar a merced de una mujer... En fin, en este lugar y en estos tiempos de mierda, todo este asunto resulta ridículo cuando comprendes que, supuestamente, las mujeres son más imaginativas que los hombres. Es una idea que los hombres se han inventado y que demuestra exactamente lo contrario. La verdad es que enfrentar la realidad de los hombres es algo que exige muy poco tiempo, o imaginación, por parte de las mujeres. Y en este país te puedes ver muy jodida cuando te tomas en serio la creencia de que un hombre que no teme confiar en su imaginación (lo único en que los hombres confían de veras) es un afeminado. Esto es algo que dice mucho de este país, porque, por supuesto, si lo que quieres es ganar dinero, lo último que necesitas es imaginación. O mujeres, para el caso; u hombres.

–¡Muy buenas noches, señorita! –exclamó el patriarca del restaurante, y pronto Fonny y yo estuvimos de nuevo caminando por la calle.

–Vamos a ver mi cuarto –dijo Fonny–. No queda lejos.

Serían entre las diez y las once.

–De acuerdo –dije.

En aquella época yo no conocía el Village. Ahora lo conozco muy bien; por entonces, todo me resultaba sorprendente. El lugar por donde andábamos era mucho más oscuro y tranquilo que la Sexta Avenida. Estábamos cerca del río y éramos las únicas personas en la calle. Me habría dado miedo caminar sola por allí.

Tenía la sensación de que debería telefonear a casa, y abrí la boca para decírselo a Fonny, pero no lo hice.

Su cuarto estaba en un sótano de Bank Street. Nos detuvimos ante una verja baja de metal negro, con puntas de lanza. Fonny abrió la cancela sin hacer ruido. Bajamos cuatro escalones, giramos a la izquierda y nos encontramos frente a una puerta. A la derecha había dos ventanas. Fonny metió la llave en la cerradura y abrió. Una débil luz amarillenta brillaba sobre nuestras cabezas. Fonny me hizo pasar, cerró la puerta y me guio por un pasillo oscuro y estrecho. Abrió otra puerta y encendió la luz.

Era un cuarto pequeño y de techo bajo, con las dos ventanas que habíamos visto antes y que daban a la verja. Vi una chimenea, una cocina minúscula y un baño con ducha pero sin bañera. En el cuarto había un taburete de madera, dos banquetas bajas, una mesa de madera grande y otra más pequeña. En la mesa pequeña había un par de latas de cerveza vacías, y en la grande, herramientas. El cuarto olía a madera y había madera sin trabajar por todas partes. En el rincón más alejado había un colchón en el suelo, cubierto con un chal mexicano. Colgados en la pared había esbozos a lápiz hechos por Fonny, y una fotografía de Frank.

Pasaríamos mucho tiempo en ese cuarto: nuestras vidas.

Cuando sonó el timbre, fue Ernestine quien acudió a la puerta, y fue la señora Hunt la que entró primero. Llevaba un vestido que parecía muy elegante hasta que te fijabas en él. Era marrón, brillante, recordaba al satén; y tenía como flecos de encaje blanco en las rodillas, creo, y en los codos, y, me parece, en la cintura; y lucía un bonete, como una especie de cubo para el carbón del revés, que endurecía aún más su duro entrecejo.

Llevaba tacones altos, estaba engordando. Hacía lo posible por evitarlo, sin conseguirlo. Parecía asustada, a pesar del poder del Espíritu Santo. Entró sonriendo, sin saber muy bien a qué o a quién, doblemente sometida, por así decirlo, al escrutinio del Espíritu Santo y al recuerdo de la poco tranquilizadora imagen que le había devuelto su espejo. Y algo en la manera en que entró y tendió la mano, algo en su sonrisa, que suplicaba clemencia y a la vez era incapaz de concederla, la convirtió en una mujer maravillosa para mí. Era una mujer que nunca había visto hasta ese momento. Fonny había estado en su vientre. Ella lo había llevado en su interior.

Tras ella estaban las hermanas, que eran harina de otro costal. Ernestine, llena de entusiasmo y cordialidad al abrir la puerta («¡El único modo de vernos es citarlos de urgencia por algún asunto importante! ¿Les parece que eso está bien? ¡Vamos, adelante!»), había enviado a la señora Hunt hacia la órbita de Sharon; y Sharon, llena de gracia, la remitió hacia Joseph, que me rodeaba la cintura con el brazo. Algo en la manera en que mi padre me sujetaba, algo en su sonrisa, asustó a la señora Hunt. Pero empecé a comprender que ella siempre había estado asustada.

Aunque las hermanas eran hermanas de Fonny, nunca había pensado en ellas como sus hermanas. Bueno... eso no es cierto. Si no hubieran sido hermanas de Fonny, jamás habría reparado en ellas. Y como eran sus hermanas, y sabía muy bien que en realidad no lo querían, yo las odiaba. Ellas no me odiaban. Ellas no odiaban a nadie, y eso era lo malo. Entraron en nuestra sala como sonriendo a una multitud invisible de amantes desesperados, y Adrienne, la mayor, que tenía veintisiete años, y Sheila, que tenía veinticuatro, se dignaron mostrarse muy cariñosas con esa pobre basura que era yo, tal como les habían enseñado los misioneros. Lo único que veían en realidad era la manaza negra de mi padre sujetándolas por la cintura; por supuesto, era a mí a quien papá sujetaba por la cintura, pero de algún modo sentían que era a ellas. Ninguna de las dos sabía si lo que desaprobaban era su color, su ubicación o su forma;

pero lo que estaba claro que desaprobaban era el poder de su contacto. Adrienne ya era demasiado mayor para la ropa que llevaba, y Sheila demasiado joven. Tras ellas entró Frank, y mi padre aflojó un poco la mano en mi cintura. Entramos en la sala hablando todos a la vez.

El señor Hunt parecía muy cansado, pero sonreía como siempre. Se sentó en el sofá, cerca de Adrienne, y dijo:

–¿Así que hoy has visto al cabezota engreído de mi hijo?

–Sí. Está bien. Le manda saludos.

–¿No lo tratan muy mal? Te lo pregunto porque, ya sabes, quizá a ti te cuente cosas que a mí no me dice.

–Secretos de enamorados –dijo Adrienne, cruzando las piernas y sonriendo.

No vi ningún motivo para contestar a Adrienne, al menos por el momento; tampoco el señor Hunt, que siguió mirándome.

–Bueno, Fonny odia ese sitio, como pueden imaginarse –dije–. Pero es muy fuerte. Y estudia y lee mucho. –Miré a Adrienne–. Aguantará. Pero tenemos que sacarlo de allí.

Frank estaba a punto de decir algo cuando Sheila intervino secamente:

–Si hubiera leído y estudiado cuando debía, ahora no estaría allí.

Abrí la boca para contestarle, pero Joseph se apresuró a decir:

–¿Has traído esas cervezas, hombre? Aquí hay un poco de ginebra, un poco de whisky y un poco de coñac, pero nada de cerveza. –Se volvió hacia la señora Hunt–. Espero que nos permitirá...

La señora Hunt sonrió.

–¿Qué debo permitirles? A Frank no le importa un rábano que le permita algo o no. Siempre hace lo que le da la gana. Nunca ha pensado más que en él mismo.

–Señora Hunt –dijo Sharon–, ¿qué podemos ofrecerle, querida? Podemos ofrecerle té, o café... y tenemos helado... y Coca-Cola.

–Y Seven-Up –añadió Ernestine–. Puedo prepararles una especie de refresco de helado.Ven, Sheila, ¿quieres ayudarme? Siéntate, mamá. Lo haremos nosotras.

Se llevó a Sheila hacia la cocina.

Mamá se sentó junto a la señora Hunt.

–Dios, cómo vuela el tiempo –dijo–. Casi no nos hemos visto desde que empezaron todos estos problemas.

–¡Ni me lo mencione! Estoy agotada de ir y venir por el Bronx, buscando la mejor asistencia legal posible a través de gente para la que solía trabajar, ya sabe... Uno de ellos es concejal y conoce a todo el mundo, y podría tirar de algunos hilos... Es alguien a quien la gente escucha, no sé si me entiende. Pero esto me está ocupando todo mi tiempo y mi médico dice que debo ir con cuidado, que mi corazón no puede con tanta presión. Me dice: «Señora Hunt, tenga esto muy presente: estoy seguro de que ese muchacho querrá recuperar la libertad, pero también querrá conservar a su madre». Pero a mí eso no me importa. No me preocupo por mí misma. El Señor me sostiene. Yo solo rezo, rezo y rezo para que el Señor devuelva la libertad a mi chico. Eso es lo único que le pido en mis rezos, día tras día, noche tras noche. Y a veces pienso que quizá esta sea la manera que el Señor ha elegido para que mi hijo reflexione sobre sus pecados y confíe su alma a Jesús...

–Quizá tenga usted razón –dijo Sharon–. Los caminos del Señor son inescrutables.

–¡Oh, sí! –dijo la señora Hunt–. Cierto que Él puede poner a prueba a sus criaturas, pero nunca las abandona.

–¿Qué piensa usted del señor Hayward, el abogado que ha encontrado Ernestine? –preguntó Sharon.

–Todavía no lo he visto. No he tenido tiempo de ir al centro. Pero sé que Frank lo ha visto...

–¿Qué le ha parecido, Frank? –preguntó Sharon.

Frank se encogió de hombros.

–Es un chico blanco que ha estudiado en la facultad de derecho y que tiene su título. No necesito explicarle qué significa eso: que no vale una mierda.

–Frank, estás hablando con una señora –le reprochó la señora Hunt.

–Estoy en la onda, algo que, para variar, me va muy bien. Como iba diciendo, un título no vale una mierda, y no estoy muy seguro de que vayamos a quedarnos con este abogado. Por otro lado, considerando como son los chicos blancos de hoy en día, este no es tan malo. Todavía no está muy lleno de mierda porque está muerto de hambre. La cosa cambiará cuando tenga la barriga llena. Tío –le dijo a Joseph–, tú sabes que no quiero dejar la vida de mi muchacho en manos de esos blancos hijos de puta. Juro por Dios que antes preferiría que me quemaran vivo. Fonny es mi único hijo, tío, mi único hijo. Pero todos estamos en manos de los blancos, y conozco a algunos negros que tampoco son trigo limpio.

–¡Pero es que no paro de decírtelo, no paro de decírtelo! –exclamó la señora Hunt–. ¡Es esa actitud tuya tan negativa la que resulta tan peligrosa! ¡Estás lleno de odio! Si transmites odio, la gente te devolverá odio. Cada vez que te oigo hablar así se me rompe el corazón y tiemblo por mi hijo, encerrado en una celda y sin más posibilidad de salvación que la que Dios pueda ofrecerle. Frank, si quieres a tu hijo, renuncia a ese odio, renuncia a él de una buena vez. De lo contrario, caerá sobre la cabeza de tu hijo, y lo matará.

–Frank no habla así por odio, señora Hunt –terció Sharon–. No hace más que decir la verdad sobre la vida que llevamos en este país, y es muy natural que esté tan enfadado.

–Yo confío en Dios –dijo la señora Hunt–. Sé que Él vela por mí.

–No sé cómo espera Dios que actúe un hombre cuando su hijo está metido en un problema tan grande –dijo Frank–. Tu Dios crucificó a Su hijo y quizá se alegró de librarse él, pero yo no soy así. No tengo intención de salir a la calle y besar al primer policía blanco que vea. Pero seré un hijo de puta lleno de amor el día en que vea salir a mi hijo de ese infierno, libre. Seré un hijo de puta lleno de amor cuando pueda tomar la cabeza de mi hijo entre mis manos y mirarlo a los ojos. ¡Oh!

¡Ese día estaré lleno de amor! –Se levantó del sofá y se acercó a su mujer–. Pero si las cosas no se arreglan de una buena vez, puedes estar segura de que empezaré a romper algunas cabezas. Y si vuelves a decirme una sola palabra sobre ese Jesús con el que has estado liada todos estos años, la primera cabeza que reventaré será la tuya. Has estado liada con ese judío bastardo y blanco, cuando deberías haber estado con tu hijo.

La señora Hunt se cubrió la cabeza con las manos, y Frank cruzó lentamente la sala para volver a sentarse.

Adrienne lo miró y pareció a punto de hablar, pero se contuvo. Yo estaba sentada en el escabel, junto a mi padre. Adrienne dijo al fin:

–Señora Rivers, ¿cuál es el motivo por el cual nos han hecho venir con tanta urgencia? Supongo que no nos habrán llamado para presenciar cómo mi padre insulta a mi madre.

–¿Por qué no? –dije–. Es sábado por la noche. Son increíbles las cosas que hace la gente cuando está aburrida. Tal vez los hayamos invitado para que nos animen un poco.

–No me cuesta creer que seas tan maliciosa –repuso ella–. Pero me cuesta creer que seas tan estúpida.

–No te he visto ni siquiera dos veces desde que metieron a tu hermano en la cárcel –dije–, y no te he visto nunca en las Tumbas. Fonny me dijo que te había visto una sola vez, y que tenías mucha prisa. Y apuesto a que no has dicho una sola palabra de todo esto en tu trabajo, ¿verdad? No has dicho una sola palabra a todos esos chupatintas de los programas de ayuda social, a todos esos chulos y prostitutos y maricones con los que te juntas, ¿verdad? Y ahora estás ahí, sentada en ese sofá, creyéndote más fina que Elizabeth Taylor, muy preocupada porque algún capullo medio blanquito estará esperándote en alguna parte y estás aquí perdiendo el tiempo porque tienes que enterarte de algo acerca de tu hermano.

La señora Hunt me fulminaba con unos ojos terribles. En los labios de Frank se insinuaba una sonrisa fría y amarga; miraba al suelo. Adrienne me miró desde una distancia enorme, añadiendo otra tremenda muesca negra junto al nombre de su hermano, y por fin, tal como sabía que llevaba todo el tiempo deseando hacer, encendió un cigarrillo. Exhaló el humo de forma cuidadosa y exquisita, y pareció resolver, en silencio, que jamás, bajo ningún concepto, volvería a dejarse ver atrapada entre gente tan indeciblemente inferior a ella.

Sheila y Ernestine volvieron a la sala; Sheila parecía bastante asustada; Ernestine, llena de una torva satisfacción. Sirvió un helado a la señora Hunt, puso una Coca-Cola junto a Adrienne, dio a Joseph una cerveza, a Frank un Seven-Up con ginebra, a Sheila una Coca-Cola, a Sharon un Seven-Up con ginebra, a mí un coñac, y ella se sirvió un whisky con soda.

–¡Salud! –dijo alegremente, luego se sentó, y todos los demás se sentaron.

Y entonces se produjo un extraño silencio. Y todos me miraban fijamente. Sentía los ojos de la señora Hunt más malévolos, más asustados que nunca. Estaba inclinada hacia delante, la mano tensa sobre la cucharita clavada en el helado. Sheila parecía aterrada. Los labios de Adrienne se curvaban en una sonrisa desdeñosa, y se inclinó hacia delante para hablar, pero la mano de su padre, hostil, amenazadora, se alzó para contenerla. Adrienne volvió a reclinarse en el sofá. Su padre se inclinó hacia delante.

La noticia que yo debía anunciar, al fin y al cabo, era para él. Así que, mirándolo, dije:

–Soy yo quien les ha hecho venir. Le he pedido a papá que les llamara para decirles lo que ya le he dicho a Fonny esta tarde. Fonny va a ser padre. Vamos a tener un hijo.

Los ojos de Frank abandonaron los míos para buscar los de mi padre. Los dos hombres se apartaron de nosotros sin necesidad de moverse de la silla o del sofá; se alejaron juntos e hicieron un extraño viaje. Durante ese viaje, el rostro de Frank era imponente, en el sentido bíblico. Era como si recogiera piedras y las depositara en el suelo, aguzando la vista más allá de horizontes con cuya existencia jamás había soñado. Cuando regresó, todavía en compañía de mi padre, su rostro estaba muy sereno.

–Tú y yo tenemos que salir y pillarnos una buena borrachera –le dijo a Joseph. Después sonrió, casi con la misma sonrisa de Fonny, y me dijo–: Me alegro mucho, Tish. No sabes cuánto me alegro.

–¿Y quién se hará cargo de esa criatura? –preguntó la señora Hunt.

–Su padre y su madre –dije.

La señora Hunt me miró fijamente.

–Puedes apostar a que no será el Espíritu Santo –dijo Frank.

La señora Hunt lo miró, después se puso de pie y avanzó hacia mí, caminando muy despacio, como conteniendo la respiración. También yo me puse de pie y avancé hacia el centro de la sala, conteniendo la mía.

–Supongo que llamas amor a ese acto libidinoso –dijo la señora Hunt–. Pero yo no. Desde el principio supe que serías la ruina de mi hijo. Tienes un demonio dentro: siempre lo he sabido. Mi Dios me lo hizo saber hace mucho tiempo. El Espíritu Santo hará que esa criatura se marchite en tu vientre. Pero mi hijo será perdonado. Mis oraciones lo salvarán.

Era ridícula y majestuosa; estaba dando testimonio. Pero Frank se rio y se acercó a ella, y con el dorso de la mano le dio un bofetón que la tumbó. Sí. Allí estaba la señora Hunt, en el suelo, con el sombrero en la nuca y el vestido por encima de las rodillas, y Frank cerniéndose sobre ella. Ella no emitió ningún sonido, él tampoco.

–¡Su corazón! –murmuró Sharon; y Frank se echó a reír de nuevo.

–Creo que sigue latiendo. Pero yo no lo llamaría corazón. –Se giró hacia mi padre–. Joe, que las mujeres se ocupen de ella, tú vente conmigo. –Y como mi padre vaciló, añadió–: Por favor, por favor, Joe. Vamos.

–Vete con él –dijo Sharon–. Vete.

Sheila se arrodilló junto a su madre. Adrienne aplastó el cigarrillo en el cenicero y se levantó. Ernestine salió del cuarto de baño con un frasco de alcohol y se arrodilló junto a Sheila. Empapó de alcohol un algodón y frotó las sienes y la frente de la señora Hunt, tras quitarle cuidadosamente el sombrero y entregárselo a Sheila.

–Puedes irte, Joe –dijo Sharon–. No te necesitamos.

Los dos hombres salieron, la puerta se cerró tras ellos, y ahora las seis mujeres quedamos solas para vérnoslas unas con otras, aunque solo fuera por un momento. La señora Hunt se incorporó lentamente, se acercó a su silla y se sentó. Antes de que pudiera pronunciar palabra, dije:

–Lo que me ha dicho es algo terrible. Es lo más terrible que he oído en mi vida.

–Mi padre no ha debido abofetearla –dijo Adrienne–. Es verdad que no tiene bien el corazón

–Lo que no tiene bien es la cabeza –dijo Sharon. Y volviéndose hacia la señora Hunt–: El Espíritu Santo ha debido reblandecerle los sesos, mujer. ¿No pensó que estaba maldiciendo al nieto de Frank? Y, por supuesto, también es mi nieto. Conozco a hombres y mujeres que le habrían arrancado ese corazón suyo que le funciona tan mal, y que con gusto habrían ido al infierno para pagar por ello. ¿Quiere té o alguna otra cosa? Lo que debería tomar es un poco de coñac, pero supongo que es demasiado santa para eso.

–No creo que tenga derecho a burlarse de la fe de mi madre –dijo Sheila.

–Oh, no me vengas con chorradas –dijo Ernestine–. Te avergüenzas tanto de que tu madre sea una fanática religiosa que ni siquiera sabes qué hacer. Tú no te burlas. Lo único que haces es decir que eso demuestra que tu madre tiene «alma», para que la gente no crea que es algo contagioso… y para que también vean la chica tan, tan inteligente que eres. Me das asco.

–Tú sí que me das asco –le espetó Adrienne–. Puede que mi madre no haya estado muy afortunada al decir eso… ¡pero es que está muy enfadada! ¡Y es verdad que tiene alma! ¿Qué os creéis que tenéis vosotros, negros apestosos? Al fin y al cabo, mi madre solo ha hecho una pregunta. –Extendió una mano para impedir que Ernestine la interrumpiera–. Lo único que ha dicho es: «¿Quién se hará cargo de esa criatura?». ¿Y quién se hará cargo, en efecto? Tish no tiene la menor formación y sabe Dios que no tiene ninguna otra cosa, y Fonny nunca ha servido para nada. Tú misma lo sabes muy bien. Así que dime: ¿quién se hará cargo de ese bebé?

–Yo –respondí–. Y si no te callas la boca, coño teñido de rubio, verás cómo también me hago cargo de ti.

La muy idiota puso los brazos en jarras, desafiante, y Ernestine se interpuso entre nosotras y dijo en tono muy dulce:

–Adrienne, ricura… ¿Me permites que te diga algo, corazón? ¿Cariño? ¿Cariñito?

Extendió una mano y la posó suavemente sobre la mejilla de Adrienne. Esta se estremeció, pero no se movió. Ernestine dejó la mano allí durante un momento, juguetona.

–Oh, cariño… Desde el primer día que vi tu delicada persona me quedé obsesionada con tu nuez de Adán. No sabes cómo he soñado con ella. ¿Sabes de lo que te hablo… cuando estás obsesionada con algo? Pero tú nunca has estado obsesionada con algo o con alguien, ¿verdad? Nunca has visto cómo se te mueve la nuez, ¿verdad? Yo sí lo he visto. Ahora mismo estoy viéndolo. Oh, es algo delicioso. No puedes imaginarte, cariño, las ganas que tengo de arrancarte esa nuez con los dedos o con los dientes. ¡Ay, qué ganas tengo de sacártela despacito, como se saca el hueso de un melocotón! Es algo tan hermoso… ¿Entiendes a qué me refiero, querida? Pero si tocas a mi hermana, creo que me decidiré a hacerlo enseguida. De manera que… –se apartó un instante de Adrienne–, venga, ponle una mano encima. Rompe las cadenas que atan mi corazón y libérame.

–Sabía que no deberíamos haber venido –dijo Sheila–. Lo sabía.

Ernestine se quedó mirándola hasta que Sheila se vio obligada a alzar la vista. Entonces Ernestine rio y dijo:

–¡Vaya! Debo de ser muy mal pensada, Sheila… Nunca se me habría ocurrido que fueras capaz siquiera de pronunciar esa palabra.

Entonces un verdadero odio enrareció la atmósfera. Y surgió algo insondable que parecía no tener nada que ver con lo que sucedía en la sala. De repente sentí lástima por las hermanas… pero Ernestine no. Permaneció donde estaba, con una mano en la cintura y la otra colgando a un costado, moviendo solo los ojos. Llevaba unos pantalones grises y una blusa vieja, tenía el pelo revuelto y la cara sin asomo de maquillaje. Sonreía. Sheila parecía sin apenas fuerzas para respirar y mantenerse en pie, como si solo tuviera ganas de correr a arrojarse en brazos de su madre, que no se había movido de su silla. Adrienne, que tenía las caderas muy anchas, lucía una blusa blanca, una falda negra plisada de tela muy brillante, una chaqueta negra muy ceñida y zapatos de tacón bajo. Estaba peinada con raya al medio y tenía el pelo recogido en la nuca con un lazo blanco. La piel, de un tinte demasiado oscuro para ser amarillo subido, se le había ensombrecido y cubierto de manchas. La frente parecía embadurnada de aceite. También los ojos se le habían ensombrecido, como la piel, que daba la impresión de rechazar el maquillaje negándole toda humedad. Se veía que en realidad no era muy guapa, que con los años la cara y el cuerpo se ensancharían y se volverían más toscos.

–Vámonos de aquí –le dijo a Sheila–, alejémonos de esta gente tan malhablada.

Y había cierta dignidad en la forma en que lo dijo.

Las dos hermanas se acercaron a su madre, que, como pude advertir súbitamente en ese momento, era testigo y custodio de la castidad de sus hijas.

Entonces la señora Hunt se incorporó con una extraña serenidad.

–Espero –dijo– que se sienta muy satisfecha del modo en que ha educado a sus hijas, señora Rivers.

También Sharon estaba serena, pero había en ella una especie de asombro perplejo. Miró a la señora Hunt y no dijo nada. Y esta agregó:

–Puedo asegurarle una cosa: estas muchachas nunca traerán un bastardo a mi casa.

–Pero el niño que va a nacer es su nieto –dijo Sharon al cabo de un momento–. No la entiendo. Es su nieto. ¿Qué importancia tiene el modo en que llegue? El niño no tiene nada que ver con todo eso… ¡Ninguno de nosotros tiene nada que ver con todo eso!

–Ese niño… –dijo la señora Hunt, y me miró durante un instante, después se encaminó hacia la puerta, sin que Sharon apartara la vista de ella–, ese niño…

Dejé que llegara hasta la puerta. Mi madre se acercó, como en un sueño, para abrirla. Pero me adelanté a ella y apoyé la espalda contra la puerta.

–Ese niño está en mi vientre –dije–. Puede darme un rodillazo para matármelo, o patearlo con esos zapatos de tacón tan alto… ¿No quiere a mi niño? Vamos, mátelo. La desafío. –La miré a los ojos–. No será el primer niño al que trate de matar… –Le toqué el sombrero, esa cubo de carbón vuelto del revés que llevaba en la cabeza. Miré a Adrienne y a Sheila–. Con sus dos primeras hijas lo consiguió… –Abrí la puerta, pero no me moví–. Pues muy bien, adelante, intente hacerlo otra vez, con Fonny. La desafío.

–¿Podemos irnos ya? –dijo Adrienne con lo que esperaba que fuera hielo en su voz.

–Tish… –dijo Sharon, pero no se movió.

Ernestine se acercó a mí, me apartó de la puerta y me llevó con Sharon.

–Señoras… –dijo, y se acercó al ascensor y apretó el botón. Parecía haber superado ya su furia. Cuando el ascensor llegó y las puertas se abrieron, se limitó a decir, mientras las hacía entrar y mantenía la puerta abierta con un hombro:

–No se preocupen. El niño nunca sabrá de ustedes. ¡Es imposible explicarle a un niño lo indecentes que pueden llegar a ser algunas personas!

Y en otro tono de voz, en un tono que nunca le había oído, le dijo a la señora Hunt:

–Bendito sea el próximo fruto de su vientre. Espero que sea un cáncer de útero. Es mi mayor deseo.

Y a las hermanas:

–Si volvéis a acercaros a esta casa, os mataré. Este niño no es vuestro niño… vosotras mismas acabáis de decirlo. Si me entero alguna vez de que habéis pasado por algún parque para ver al niño, no viviréis para tener ningún cáncer. Yo no soy mi hermana. Que no se os olvide. Mi hermana es buena. Yo no. Mi padre y mi madre son buenos. Yo no. Podría decirles por qué a Adrienne no se la han follado nunca… ¿queréis saberlo? Y también podría explicaros muchas cosas de Sheila y todos esos muchachos a los que hace que se corran en sus pañuelos, en coches y en cines… ¿queréis escucharlo?

Sheila se echó a llorar y la señora Hunt se acercó a la puerta del ascensor. Ernestine rio y mantuvo abierta la puerta con el hombro. El tono de su voz volvió a cambiar.

–Acaba de maldecir al niño que está en el vientre de mi hermana. ¡No quiero volver a verla nunca más! ¡Largo de aquí, novia de Cristo medio blanca!

Escupió en la cara de la señora Hunt y después dejó que la puerta se cerrara. Y gritó por el hueco del ascensor:

–¡Acaba de maldecir a su propia sangre, coño peliteñido, enfermo y putrefacto! ¡Llévele este mensaje al Espíritu Santo, y si a Él no le gusta, dígale de mi parte que es un maricón y que será mejor que no se me acerque!

Volvió al apartamento, con las lágrimas corriéndole por las mejillas, y se acercó a la mesa y se sirvió un trago. Encendió un cigarrillo; estaba temblando.

En todo ese tiempo, Sharon no había dicho una sola palabra. Ernestine me había llevado junto a ella, pero mi madre no me había tocado. Había hecho algo aún más impresionante: acogerme poderosamente, ampararme y tranquilizarme, sin necesidad de tocarme.

–Bueno –dijo Sharon–, los hombres tardarán un rato en volver. Y Tish tiene que descansar. Así que vamos a acostarnos.

Pero yo sabía muy bien que me mandaban a la cama para poder quedarse un rato a solas, sin mí, sin los hombres, sin nadie, para poder afrontar sin ambages el hecho de que a su familia Fonny le importaba una mierda, y que no moverían un dedo para ayudarlo. Nosotros éramos su familia ahora, la única familia que tenía; y ahora todo estaba en nuestras manos.

Fui caminando muy despacio hasta mi dormitorio y me senté en la cama. Estaba demasiado cansada para llorar. Estaba demasiado cansada para sentir nada. En cierto modo, mi hermana Ernestine había asumido la responsabilidad de todo, porque deseaba que el niño hiciera su viaje en las mejores condiciones y llegara a nosotros sano y salvo; y eso significaba que yo debía dormir.

Así que me desvestí y me acosté. Me volví hacia donde me volvía siempre, hacia el lado de Fonny, cuando nos acostábamos juntos. Me acurruqué entre sus brazos y él me abrazó. Estaba tan presente en ese instante que yo no podía llorar. Mis lágrimas le habrían hecho mucho daño. Fonny me abrazaba y yo murmuraba su nombre, mientras miraba cómo el reflejo de las luces de la calle jugueteaba en el techo. Oía vagamente las voces de mamá y de Sis en la cocina, tratando de hacerme creer que estaban jugando al gin rummy.

Aquella noche, en el cuarto de Bank Street, Fonny tomó el chal mexicano que cubría el colchón y me envolvió la cabeza y los hombros con él. Sonrió y dio un paso atrás.

–¡Maldita sea mi estampa! ¡Pero si tenemos una rosa en el Spanish Harlem! –exclamó.

Sonrió de nuevo y agregó:

–La semana que viene te daré una rosa para que te la pongas en el pelo.

Entonces dejó de sonreír, y un silencio punzante llenó el cuarto y mis oídos. Era como si en el mundo solo hubiéramos existido nosotros dos. Yo no tenía miedo. Lo que sentía era algo más profundo que el miedo. No podía apartar los ojos de los suyos. No podía moverme. Era algo más profundo que el miedo, pero no era alegría. Era asombro.

Fonny dijo, sin moverse:

–Ya somos adultos, ¿sabes?

Asentí.

–Y siempre has sido… mía, ¿verdad?

Volví a asentir.

–Y sabes que siempre he sido tuyo, ¿no es cierto? –agregó, aún sin moverse, sosteniéndome con aquellos ojos.

–Nunca he pensado en ello de esa manera.

–Piénsalo ahora, Tish.

–Lo único que sé es que te quiero –dije, y me eché a llorar. El chal parecía muy pesado y caliente, y tenía ganas de quitármelo, pero no podía.

Entonces se movió, su expresión cambió, se acercó a mí, me quitó el chal y lo arrojó a un rincón. Me tomó entre sus brazos y besó mis lágrimas, y luego me besó, y entonces ambos supimos algo que no habíamos sabido hasta entonces.

–También yo te quiero –dijo–, pero intento no llorar por eso.

Rio y me hizo reír y entonces volvió a besarme, con más fuerza, y dejó de reír.

–Quiero que te cases conmigo –dijo.

Debí de parecer sorprendida, porque añadió:

–Sí, ya lo sé. Yo soy tuyo y tú eres mía, y eso es todo, nena. Pero me gustaría intentar explicarte algo.

Me tomó de la mano y me llevó hacia la mesa de trabajo.

–Aquí está mi vida. Mi verdadera vida.

Cogió un pequeño trozo de madera del tamaño de dos puños. En él había tallado un ojo, la insinuación de una nariz; el resto no era más que un bulto de algo que respiraba madera.

–Quizá salga algo de esto algún día –dijo, y lo depositó suavemente–. Pero creo que ya lo he echado a perder.

Tomó otro pedazo, del tamaño del muslo de un hombre. En él había aprisionado un torso de mujer.

–Aún no sé nada sobre ella –comentó, depositando el trozo de madera con la misma suavidad.

Aunque posaba una mano sobre mi hombro y lo tenía muy cerca, estaba muy lejos de mí. Entonces me miró con su tenue sonrisa:

–Ahora escúchame –dijo–. No soy de esos tipos que te harán la vida imposible corriendo tras otras mujeres y otras mierdas por el estilo. Fumo un poco de marihuana, pero nunca me he pinchado. La verdad es que soy un tipo muy normal. Pero…

Se detuvo y me miró, muy sereno, muy duro: había en él una dureza que apenas había notado antes. Dentro de esa dureza se movía su amor; se movía como un torrente o un incendio, más allá de toda razón, más allá de todo argumento, imposible de alterar en modo alguno por nada que pudiera oponerle la vida. Yo era suya, y él era mío; de repente, comprendí que sería una mujer muy desdichada, quizá una mujer muerta, si alguna vez me atrevía a desafiar esa ley.

–Pero… –continuó Fonny, y se apartó de mí; sus manos pesadas se movían como dando forma al aire–, yo vivo con la madera y con la piedra. Tengo piedra en el sótano, y trabajo aquí todo el tiempo y estoy buscando un loft donde pueda trabajar en condiciones. Lo que trato de decirte, Tish, es que no puedo ofrecerte mucho. No tengo dinero y sobrevivo con algunos empleos esporádicos… solo para comer, porque no pienso romperme el espinazo a las órdenes de ningún hijo de puta. Esto significa que tú también tendrás que trabajar, y cuando vuelvas a casa es posible que apenas suelte algún gruñido y siga con mi cincel y todo este rollo, y quizá alguna vez pienses que ni siquiera me he dado cuenta de si has vuelto o no a casa. Nunca pienses eso, nunca. Estás conmigo constantemente, todo el tiempo, y no sé qué haría sin ti, nena, y cada vez que deje el cincel volveré siempre contigo. Siempre volveré contigo. Te necesito. Te amo. –Sonrió–. ¿Te parece bien, Tish?

–Claro que me parece bien –dije.

Habría querido decir más, pero tenía un nudo en la garganta.

Fonny me tomó de la mano y me llevó hacia el colchón que estaba en el suelo. Se sentó junto a mí y me atrajo hacia él de modo que mi cabeza se apoyara sobre su regazo, con mi cara bajo la suya. Percibí cierto miedo en él. Fonny sabía que me daba cuenta de que su miembro empezaba a endurecerse contra la tela del pantalón, contra mi mandíbula; quería que yo lo sintiera y al mismo tiempo estaba asustado. Me besó por toda la cara, y en el cuello, desnudó mis pechos, me recorrió el cuerpo entero con los dientes, con la lengua, con las manos. Yo sabía qué estaba haciendo, y a la vez no lo sabía. Estaba en sus manos: murmuraba mi nombre como entre el fragor de un trueno. Estaba en sus manos: me estaba transformando; lo único que podía hacer era aferrarme a él. No me di cuenta, hasta que súbitamente lo comprendí, de que yo también le estaba besando, de que todo estallaba y cambiaba y se confundía dentro de mí, que todo mi ser se proyectaba hacia él. Si sus brazos no me hubieran sostenido, habría caído hacia abajo, hacia atrás, hacia mi muerte. Mi vida me sostenía. Mi vida me reclamaba. Oía, sentía su respiración como por primera vez; pero era como si su respiración surgiera de mí misma. Me abrió las piernas, o yo las abrí, y me besó el interior de los muslos. Me desnudó por completo, me cubrió el cuerpo entero de besos, y entonces me tapó con el chal y se fue.

El chal hacía que me picase la piel. Sentía frío y calor. Lo oí en el cuarto de baño. Lo oí tirar de la cadena. Cuando volvió, estaba desnudo. Se metió bajo el chal, junto a mí, y tendió su largo cuerpo sobre el mío, y sentí su sexo, largo, pesado, negro, latiendo contra mi ombligo.

Me tomó la cara entre las manos, la sostuvo y me besó.

–No tengas miedo –murmuró–. No tengas miedo. Recuerda que soy tuyo. Recuerda que no te haría daño por nada en el mundo. Solo tienes que acostumbrarte a mí. Y tenemos todo el tiempo del mundo.

Serían entre las dos y las tres de la madrugada. Fonny me leyó el pensamiento.

–Tu madre y tu padre saben que estás conmigo –dijo–. Y saben que conmigo nada malo puede pasarte.

Entonces se movió hacia abajo y su miembro se frotó contra mi abertura.

–No tengas miedo –repitió–. Abrázate a mí.

Me abracé a él en una especie de agonía; no había nada más en el mundo a lo que pudiera aferrarme; me agarré a su pelo rizado. No sé si era él o era yo quien gemía. Dolía, dolía, ya no dolía. Era un peso extraño, una presencia que entraba en mí… en alguien que era yo pero que hasta entonces no había sabido que existía. Estuve a punto de gritar, rompí a llorar: dolía, ya no dolía. Algo empezó, desconocido para mí. Su lengua, sus dientes en mis pechos, dolía. Quería apartarlo de mí, me aferraba a él con más fuerza, y él se movía, se movía, se movía. No sabía que su presencia pudiera ser tan poderosa. Grité, lloré contra su hombro. Se detuvo. Puso ambas manos bajo mis caderas. Retrocedió, pero sin salir del todo, por un instante permanecí suspendida sobre la nada. Entonces me atrajo hacia él y empujó con todas sus fuerzas y algo se rompió dentro de mí. Se rompió y brotó un grito de mi interior, pero él me cubrió los labios con los suyos, sofocó mi grito con su lengua. Sentía su respiración en mi nariz, respiraba con su aliento, me movía con su cuerpo. Ahora estaba abierta, indefensa, sintiéndolo en cada fibra de mi ser. Un canto se elevó en mí y su cuerpo se volvió sagrado: sus nalgas, que se estremecían y subían y bajaban, sus muslos entre los míos, y el peso de su pecho contra el mío, y su rigidez que aumentaba y latía y me transportaba a otro lugar. Tenía ganas de reír y de llorar. Entonces empezó algo absolutamente nuevo, reí y lloré y lo llamé por su nombre. Lo atraje cada vez con más fuerza y me tensé para recibirlo todo, todo, todo de él. Se detuvo y me besó una y otra vez. Su cabeza se movía sobre mi cuello y mis pechos. Apenas podíamos respirar: si no respirábamos pronto, sabía que moriríamos. Fonny empezó de nuevo a moverse, al principio muy lentamente, después cada vez más rápido. Sentí que algo me venía, sentí que yo misma me iba, que se desbordaba un límite, que todo en mí fluía hacia él, y grité su nombre una y otra vez mientras él rugía el mío en su garganta, ahora embistiendo sin piedad… conteniendo súbitamente el aliento, soltándolo de golpe con un sollozo, y luego retirándose de mí, abrazándome fuerte, derramando un líquido hirviente por todo mi vientre y mi pecho y mi mentón.

Permanecimos inmóviles, unidos para siempre, durante un largo rato.

–Perdóname –dijo al fin, tímidamente, rompiendo el largo silencio–, por haberte ensuciado de esta manera. Pero supongo que no querrás tener un hijo tan pronto, y tampoco llevaba protección encima.

–Creo que yo también te he ensuciado –dije–. Ha sido mi primera vez. ¿No tendría que haber sangre?

Hablábamos en susurros. Fonny soltó una risita.

–Yo tuve una hemorragia. ¿Quieres que miremos?

–Me gusta estar así tumbada, contigo.

–A mí también. –Luego dijo–: ¿Te he gustado, Tish? –Sonó como un niño pequeño–. Quiero decir… cuando hemos hecho el amor… ¿te ha gustado?

–Oh, vamos… Solo quieres oírmelo decir.

–Es cierto. ¿Entonces…?

–Entonces ¿qué?

–¿Por qué no te lanzas y me lo dices?

Me besó.

–Ha sido un poco como si me hubiera arrollado un camión… –Fonny volvió a reírse–, pero también ha sido lo más hermoso que me ha ocurrido en la vida.

–También para mí –dijo. Y lo dijo en un tono como de asombro, casi como si hablara de otra persona–. Nunca había hecho el amor con nadie de esta manera.

–¿Te has acostado con muchas chicas?

–No con tantas. Y con nadie de quien debas preocuparte.

–¿Conozco a alguna de ellas?

Fonny rio.

–¿Quieres que salgamos a caminar por la calle y te las vaya señalando? Eso no estaría bien. Y ahora que te conozco un poco mejor, creo que no sería muy seguro. –Se apretó aún más contra mí y me puso una mano sobre el pecho–. Tienes una gata salvaje en tu interior, nena. Aunque tuviera tiempo de andar corriendo tras otras chicas, no me quedarían energías. Será mejor que empiece a tomar vitaminas.

–Oh, cállate. No seas asqueroso.

–¿Cómo que soy asqueroso? Solo estoy hablando de mi salud. ¿Es que no te importa nada mi salud? Y además vienen cubiertas de chocolate. Las vitaminas, quiero decir.

–Estás loco.

–Bueno –concedió alegremente–, estoy loco por ti. ¿Quieres que comprobemos los daños antes de que todo este estropicio se ponga duro como el cemento?

Encendió la luz y miramos nuestros cuerpos y nuestra cama. En verdad, éramos todo un espectáculo. Había sangre, mucha –o así me lo pareció, pero no me asusté, me sentía orgullosa y feliz–, sobre él y sobre mí y sobre la cama; su esperma y mi sangre se escurrían lentamente por mi cuerpo, y su esperma estaba sobre él y sobre mí; y, bajo la tenue luz, nuestros cuerpos oscuros parecían ungidos por una extraña sustancia. Era como si hubiéramos cumplido un rito tribal. Y el cuerpo de Fonny era un misterio absoluto para mí, como lo es siempre el cuerpo del ser que amamos, por más que lleguemos a conocerlo: es la cambiante envoltura que contiene el misterio más hondo de nuestra vida. Contemplé su ancho pecho, su vientre plano, su ombligo, el vello rizado, el sexo pesado y flácido: no estaba circuncidado. Toqué ese cuerpo esbelto y lo besé en el pecho. Sabía a sal y a una especia fuerte, acre, desconocida: un sabor al que habría de habituarme enseguida. Una mano en mi mano, una mano en mi hombro, Fonny me apretó contra sí. Entonces dijo:

–Tenemos que irnos. Será mejor que te lleve a tu casa antes de que amanezca.

Eran las cuatro y media.

–Sí, será lo mejor –dije.

Nos levantamos y fuimos a la ducha. Lavé su cuerpo y él lavó el mío y nos reímos mucho, como niños, y me advirtió de que si no le quitaba las manos de encima nunca llegaríamos a mi casa y entonces mi padre se enojaría mucho y, después de todo, Fonny tenía mucho que hablar con él y quería hacerlo cuanto antes.

Fonny me llevó a casa a las siete de la mañana. Me abrazó mientras viajábamos hacia el norte en el metro casi vacío. Era domingo. Caminamos juntos por nuestras calles, cogidos de la mano; ni siquiera se había levantado la gente que iba a la iglesia; y los que aún no se había acostado, los pocos que seguían en pie, no tenían ojos para nosotros, no tenían ojos para nadie, ni para nada.

Al llegar a mi edificio, pensé que Fonny me dejaría en la escalera de entrada y me volví para despedirme de él con un beso, pero me tomó de la mano y me dijo:

–Vamos.

Y subimos la escalera. Fonny llamó a la puerta.

Sis abrió, con el pelo recogido y envuelta en una vieja bata verde. Tenía un aspecto terrible. Paseó su mirada de uno a otro. Y, casi sin querer, sonrió.

–Llegáis justo para el café –dijo, apartándose para dejarnos pasar.

–Nosotros… –empecé a decir, pero Fonny me interrumpió.

–Buenos días, señorita Rivers –dijo, y algo en su tono hizo que Sis lo mirara con fijeza y despertara del todo–. Lamento mucho que hayamos llegado tan tarde. ¿Podría hablar con el señor Rivers, por favor? Es muy importante.

Seguía cogiéndome de la mano.

–Te será más fácil verlo si no te quedas ahí y entras en casa –dijo Sis.

–Nosotros… –empecé de nuevo, luchando por encontrar sabe Dios qué excusa.

–… queremos casarnos –concluyó Fonny.

–Entonces creo que de veras os conviene tomar un poco de café –dijo Sis, y cerró la puerta a nuestras espaldas.

En ese momento Sharon entró en la cocina, con un aspecto bastante más presentable que el de Sis: llevaba pantalones y un suéter, y se había recogido el pelo en una trenza sujeta sobre la cabeza.

–¡Vaya! ¿Se puede saber dónde habéis estado hasta estas horas de la mañana? –empezó–. ¿No se os ocurre nada mejor que portaros de esta manera? Vamos, digo yo. Ya estábamos a punto de llamar a la policía.

Pero me daba cuenta de que sentía alivio al ver a Fonny sentado en la cocina, junto a mí. Eso significaba algo importante, y mi madre lo sabía. La escena habría sido muy distinta, y ella habría sentido una preocupación muy diferente, si yo hubiera subido a casa sola.

–Lo siento mucho, señora Rivers –dijo Fonny–. La culpa es mía. Hacía unas semanas que no veía a Tish y teníamos mucho de qué hablar… yo tenía mucho de qué hablar y… –me señaló– la retuve más de la cuenta.

–¿Hablando? –preguntó Sharon.

Fonny no se amilanó; no bajó los ojos.

–Queremos casarnos –dijo–. Por eso hemos estado fuera hasta tan tarde.

Los dos se miraron fijamente.

–Quiero a Tish –prosiguió–. Por eso me he alejado tanto tiempo de ella. Incluso –me lanzó una rápida mirada– he salido con otras chicas y… no sé cuántas tonterías más he hecho para sacármela de la cabeza. –Volvió a mirarme. Después bajó los ojos–. Pero me he dado cuenta de que era inútil tratar de engañarme. No quiero a nadie más que a Tish. Y entonces tuve miedo de que ella se largara o de que algún otro apareciera para llevársela, así que volví. –Hizo un esfuerzo por sonreír–. Volví corriendo. Y no quiero tener que marcharme de nuevo. Tish ha sido siempre mi chica, usted lo sabe, señora Rivers. Y… yo no soy un mal muchacho. También lo sabe. Y… ustedes son la única familia que he tenido.

–Pues por eso –gruñó Sharon– no entiendo que de repente hayas empezado a llamarme señora Rivers. –Me miró–. En cuanto a usted, señorita, espero que sea consciente de que apenas tiene dieciocho años.

–Con ese argumento –dijo Sis– y una ficha para el metro, podrás llegar hasta la esquina. ¡Si es que llegas! –Sirvió el café–. De hecho, se supone que es la hermana mayor la que debe casarse primero. Pero en esta casa nunca hemos respetado demasiado las formalidades.

–¿Tú qué piensas de todo esto? –le preguntó Sharon.

–¿Yo? Estoy encantada de librarme de la mocosa. Nunca he podido soportarla. Nunca he podido entender qué es lo que todos le ven, lo juro. –Se sentó a la mesa y sonrió–. Ponte azúcar, Fonny. Lo necesitarás, créeme, si vas a juntarte con mi muy dulce hermanita.

Sharon fue hacia la puerta de la cocina y gritó:

–¡Joe! ¡Ven aquí! ¡Ha caído un rayo sobre la casa de los pobres! ¡Ven ahora mismo, date prisa!

Fonny me tomó de la mano.

Joseph entró en la cocina, en zapatillas, con unos viejos pantalones de pana y una camiseta. Empecé a comprender que nadie había pegado ojo esa noche en la casa. Joseph me miró. En realidad, no vio a nadie más. Y como estaba furioso y aliviado a la vez, habló en tono muy mesurado.

–Me gustaría saber qué se ha propuesto, señorita, volviendo a casa a estas horas de la mañana. Si quiere irse de casa, puede irse, ¿me oye? Pero mientras viva en mi casa, debe respetarla. ¿Me ha oído?

Entonces vio a Fonny, y Fonny soltó mi mano y se puso de pie.

–Señor Rivers –dijo–, por favor, no reprenda a Tish. La culpa es toda mía, señor. Es culpa mía que haya llegado tan tarde. Tenía que hablar con ella. Por favor, señor Rivers. Por favor. Le he pedido que se case conmigo. Por eso hemos estado tanto tiempo fuera. Queremos casarnos. Por eso estoy aquí. Usted es su padre. Usted la quiere. Y sé que sabe, tiene que saberlo, que yo la amo. La he amado toda mi vida. Usted lo sabe. Si no la amara, ahora no estaría aquí, ¿verdad? Podría haber dejado a Tish en la entrada y marcharme. Sé que tiene ganas de darme una buena paliza. Pero yo la amo. Es todo lo que puedo decirle.

Joseph lo miró.

–¿Cuántos años tienes?

–Veintiuno, señor.

–¿Crees que es edad suficiente como para casarte?

–No lo sé, señor. Pero sé que es edad suficiente como para saber a quién amas.

–¿Estás seguro?

Fonny se irguió.

–Lo sé.

–¿Cómo piensas mantenerla?

–¿Cómo lo hizo usted?

Nosotras, las mujeres, estábamos excluidas de la discusión, y lo sabíamos. Ernestine sirvió a Joseph una taza de café y la empujó en su dirección.

–¿Tienes trabajo?

–Durante el día cargo furgonetas de mudanza, y por la noche esculpo. Soy escultor. Tish y yo sabemos que no será fácil. Pero soy un artista de verdad. Y seré un buen artista, quizá un gran artista.

Los dos hombres volvieron a mirarse a los ojos.

Joseph cogió su taza sin mirarla y sorbió el café sin saborearlo.

–Bueno, pongamos las cosas en claro. Tú le has pedido a mi chiquilla que se case contigo, y ella te ha contestado...

–Que sí –dijo Fonny.

–¿Y ahora has venido a informarme o a pedir mi consentimiento?

–He venido para las dos cosas, señor.

–Y no tienes ningún tipo de...

–... futuro –dijo Fonny.

Los dos hombres volvieron a observarse. Joseph dejó la taza sobre la mesa. Fonny no había tocado la suya.

–¿Qué harías tú en mi lugar? –preguntó Joseph.

Yo sentía que Fonny temblaba. No pudo contenerse: su mano tocó levemente mi hombro, y enseguida se apartó.

–Se lo preguntaría a mi hija. Si ella le dice que no me ama, me iré de aquí y nunca volveré a molestarles.

Joseph clavó los ojos en Fonny: una larga mirada en la que podía verse cómo el escepticismo cedía ante una especie de resignada ternura, de autorreconocimiento. Parecía como si quisiera derribar a Fonny de un puñetazo; parecía como si quisiera tomarlo en sus brazos.

Entonces Joseph me miró.

–¿Lo amas? ¿Quieres casarte con él?

–Sí. –No sabía que mi propia voz pudiera sonar tan extraña–. Sí. Sí. –Luego proseguí–: Soy hija tuya, y soy hija de mi madre. Así que deberías saber que cuando digo no quiero decir no, y cuando digo sí quiero decir sí. Y Fonny ha venido aquí para pedir tu consentimiento, y lo amo todavía más por eso. Deseo mucho tu consentimiento, porque te quiero. Pero no voy a casarme contigo. Voy a casarme con Fonny.

Joseph se sentó.

–¿Cuándo?

–Cuando juntemos un poco de dinero –contestó Fonny.

–Será mejor –dijo Joseph– que tú y yo vayamos al otro cuarto, hijo.

Y se fueron. Nosotras no dijimos nada. No teníamos nada que decir. Solo mamá, un instante después, preguntó:

–¿Estás segura de que lo amas, Tish? ¿Estás bien segura?

–¿Por qué me lo preguntas, mamá?

–Porque tenía la secreta esperanza de que te casaras con el gobernador Rockefeller –dijo Ernestine.

Durante un momento mamá se la quedó mirando, con dureza; después se echó a reír. Sin saberlo, o sin proponérselo, Ernestine se había acercado mucho a la verdad: no a la verdad literal, pero sí a la verdad. Porque cuesta mucho destruir los sueños de seguridad.

–Sabes muy bien que ese capullo blancucho y reseco es demasiado viejo para mí –repuse.

Sharon volvió a reír.

–No creo que sea así como se ve él. Pero me imagino que yo sería incapaz de soportar el modo en que él te vería a ti. Así que lo mejor será que olvidemos el asunto. Vas a casarte con Fonny. Muy bien. Cuando pienso en ello… –y se detuvo, y en cierto modo dejó de ser Sharon, mi madre, para convertirse en otra persona; pero esa otra persona era, precisamente, mi madre, Sharon– creo que me siento muy contenta. –Se echó hacia atrás, con los brazos cruzados, pensativa–. Sí, Fonny es un hombre de verdad.

–No es un hombre todavía –replicó Ernestine–, pero lo será. Por eso estás sentada aquí, luchando para contener las lágrimas. Porque eso significa que tu hija pequeña está a punto de convertirse en mujer.

–Oh, cállate –dijo Sharon–. Ojalá encontraras tú alguien con quien casarte, entonces sería yo quien podría incordiarte hasta sacarte de quicio, y no al revés.

–También me echarías mucho de menos –dijo Ernestine en voz muy queda–, aunque no creo que yo vaya a casarme nunca. Hay gente que se casa, ¿sabes, mamá?, pero otra no.

Se puso de pie, dio una vuelta alrededor de la cocina y volvió a sentarse. Oíamos las voces de Fonny y de Joseph en el otro cuarto, pero no lo que decían; en realidad, hacíamos todo lo posible por no oír. Los hombres son hombres, y a veces hay que dejarlos a solas. Sobre todo si tienes la sensatez suficiente para comprender que, si se han encerrado juntos en un cuarto, aunque no tengan demasiadas ganas de hacerlo, es porque están asumiendo su responsabilidad respecto a las mujeres que se quedan fuera.

–Bueno, eso lo puedo entender –dijo Sharon con voz serena, sin moverse.

–Lo malo –dijo Ernestine– es que a veces nos gustaría pertenecer a alguien.

Entonces, casi sin darme cuenta, exclamé:

–Pero da mucho miedo pertenecer a alguien.

Y tal vez, hasta el momento en que me oí decirlo, no comprendí que era cierto.

–Seis huevos en una –dijo Ernestine, sonriendo–, media docena en la otra.

Joseph y Fonny regresaron del otro cuarto.

–Vosotros dos estáis locos –dijo Joseph–, pero yo no puedo hacer nada ante eso. –Miró a Fonny, y sonrió, con una sonrisa llena de ternura y a la vez de recelo. Después me miró–. Pero... Fonny tiene razón. Tarde o temprano iba a venir alguien y se te llevaría. Solo que nunca pensé que ocurriría tan pronto. Pero como dice Fonny, y tiene razón, vosotros dos siempre habéis estado juntos, desde que erais pequeños. Y ya habéis dejado de ser unos niños. –Tomó a Fonny de la mano y lo llevó hacia mí; después me tomó de la mía y me hizo ponerme de pie. Puso mi mano en la de Fonny–. Debéis cuidar el uno del otro –dijo–. Ya descubriréis que eso es mucho más que una simple frase.

Los ojos de Fonny se llenaron de lágrimas. Besó a mi padre. Me soltó la mano y fue hacia la puerta.

–Tengo que irme a casa para contárselo a mi padre. –Cambió de expresión, me miró y me lanzó un beso a través del espacio que nos separaba–. Se alegrará mucho –dijo. Abrió la puerta y se volvió hacia Joseph–. Pasaremos por aquí a eso de las seis de la tarde. ¿Le parece bien?

–De acuerdo –dijo Joseph, ahora con la cara iluminada por una sonrisa enorme.

Fonny se marchó. Al cabo de dos o tres días, el martes o el miércoles, fuimos juntos al centro y empezamos a buscar en serio nuestro loft.

Y ese iba a resultar un viaje totalmente imprevisible.

Tal como nos había dicho, el señor Hayward estaba el lunes en su despacho. Llegué a eso de las siete y cuarto. Mamá me acompañaba.

El señor Hayward debe de tener unos treinta y siete años, diría yo, con unos ojos castaños muy dulces y el pelo también castaño medio ralo. Es muy, muy alto, y corpulento; y es bastante agradable, o al menos lo parece, solo que no me siento cómoda con él. No sería justo echarle a él la culpa de eso. En estos días no me siento cómoda con nadie, y menos aún con un abogado.

Cuando entramos se puso de pie, hizo sentarse a mamá en la silla grande y a mí en la pequeña, y luego volvió a tomar asiento tras su mesa.

–¿Cómo están, señoras? ¿Señora Rivers? ¿Cómo te encuentras, Tish? ¿Has visto a Fonny?

–Sí. A las seis.

–¿Y cómo está?

Esa pregunta siempre me ha parecido muy tonta. ¿Cómo puede estar un hombre que lucha por salir de la cárcel? Pero, al mismo tiempo, tuve que esforzarme por comprender que, desde un punto de vista externo, era una pregunta muy importante. Por una parte, era la pregunta con la que yo misma vivía constantemente; y, por otra, saber «cómo» estaba Fonny podía ser un dato muy importante para el señor Hayward, para ayudarlo con su caso. Pero me costaba mucho tener que hablar de Fonny con el señor Hayward. Había tantas cosas que él debería haber sabido sin que yo se las dijera… Pero quizá también en eso estuviera siendo injusta.

–Bueno, señor Hayward, digámoslo así: odia estar metido en ese sitio, pero hace todo lo posible para no venirse abajo.

–¿Cuándo lo sacará de allí? –preguntó mamá.

El señor Hayward paseó la mirada de una a otra y sonrió: una sonrisa dolorosa, como si le hubieran dado una patada en las pelotas.

–Bueno, como saben, este es un caso muy difícil.

–Por eso mi hermana recurrió a usted –dije.

–¿Y estás empezando a pensar que hizo mal en confiar en mí?

Seguía sonriendo. Encendió un puro.

–No –dije–. Yo no diría eso.

No me atrevería a decirlo –al menos, no de momento–, por miedo a tener que buscar otro abogado, que quizá resultara peor.

–Es que nos gusta tener a Fonny con nosotros –dijo mamá–, y lo echamos mucho de menos.

–Lo entiendo muy bien –dijo el señor Hayward–, y estoy haciendo lo humanamente posible por devolvérselo cuanto antes. Pero, como ustedes saben, la mayor dificultad a la que nos enfrentamos es la negativa de la señora Rogers a cambiar su declaración. Y ahora ha desaparecido.

–¿Desaparecido? –grité–. ¿Cómo puede haber desaparecido así como así?

–Tish –dijo el señor Hayward–, esta es una ciudad muy grande, un país muy grande… incluso, podría decirse, un mundo muy grande. La gente desaparece. No creo que la señora Rogers haya ido muy lejos: no tiene recursos para hacer un largo viaje. Pero su familia puede haberla enviado de regreso a Puerto Rico. En cualquier caso, para poder encontrarla, necesito la ayuda de investigadores especiales y…

–… eso significa dinero –concluyó mamá.

–Por desgracia, así es –dijo el señor Hayward.

Desde detrás de su puro, me miró con una expresión extraña, expectante, sorprendentemente afligida.

Yo me había puesto de pie. Volví a sentarme.

–Esa zorra asquerosa –mascullé–. Esa zorra asquerosa…

–¿Cuánto dinero? –preguntó mamá.

–Trato de reducir los gastos todo lo que puedo –respondió el señor Hayward con una sonrisa tímida, casi infantil–, pero me temo que los investigadores especiales son… especiales, y ellos lo saben. Si tenemos suerte, podremos localizar a la señora Rogers en cuestión de días, o semanas. Si no… –Se encogió de hombros–. Bueno, por el momento, pensemos que vamos a tener suerte.

Y volvió a sonreír.

–Puerto Rico –dijo mamá con desánimo.

–No sabemos seguro si ha regresado allá –dijo el señor Hayward–, pero es muy posible. Lo que sabemos es que ella y su marido desaparecieron hace unos días de su apartamento de Orchard Street, sin dejar ninguna dirección. No hemos conseguido contactar con ninguno de sus parientes, las tías y los tíos que, por lo demás, como ya saben, nunca se han mostrado muy cooperativos.

–Pero ¿no perjudica a su testimonio el hecho de haber desaparecido así, de repente? –pregunté–. Esa mujer es el testigo principal en este caso.

–Sí. Pero es una puertorriqueña ignorante, y está muy alterada por los efectos del trauma provocado por la violación. Su conducta no es del todo incomprensible. ¿Lo entiendes? –Me miró con fijeza y el tono de su voz cambió–. Además, ella es solo uno de los testigos principales en este caso. Te olvidas del testimonio del agente Bell: en realidad, es él quien ha proporcionado la única identificación plausible del violador. Es él quien jura que vio a Fonny huir de la escena del crimen. Y siempre he sido de la opinión, recordarás que ya lo hemos comentado antes, de que su testimonio es el que la señora Rogers repite continuamente…

–Si vio a Fonny en la escena del crimen, entonces ¿por qué tendría que esperar para ir a buscarlo y arrestarlo en nuestra casa?

–Tish –dijo mamá–. Tish. –Después, dirigiéndose al abogado–: ¿Lo que está insinuando… quiero que me lo aclare… lo que está insinuando es que es el agente Bell quien le dice a la señora Rogers lo que debe decir? ¿Es eso lo que está insinuando?

–Sí –dijo el señor Hayward.

Miré a Hayward. Eché un vistazo alrededor. Estábamos lejos de nuestro barrio, cerca de Broadway, no lejos de Trinity Church. El despacho era de madera oscura, muy pulida y brillante. La mesa era grande, con dos teléfonos, en uno de los cuales se encendía y apagaba un botón. Hayward lo ignoraba, seguía mirándome. Había trofeos y diplomas en las paredes, y una gran fotografía de Hayward padre. Sobre la mesa, enmarcados, había otros dos retratos, uno de su mujer, sonriente, y otro de sus dos hijos pequeños. No existía la menor relación entre ese despacho y yo.

Salvo que yo estaba en él.

–¿Está diciendo que no hay manera de llegar al fondo de la verdad en este caso? –pregunté.

–No, no estoy diciendo eso. –Volvió a encender su puro–. En un juicio lo que importa no es la verdad. Lo que importa es... quién gana.

El humo del puro llenaba la estancia.

–Eso no significa que yo dude de la verdad. Si no creyera en la inocencia de Fonny, no habría aceptado este caso. Sé algunas cosas acerca del agente Bell. Sé que es un racista y un mentiroso, y se lo he dicho en su propia cara, así que son ustedes libres de repetir mis palabras a quien quieran y cuando quieran. Y sé algunas cosas acerca del fiscal, que es un tipo aún peor. Ahora bien, Fonny y tú insistís en que estabais juntos, en el cuarto de Bank Street, con un viejo amigo, Daniel Carty. Tu testimonio, Tish, como puedes imaginar, no vale nada. Y el fiscal acaba de arrestar a Daniel Carty y lo mantiene incomunicado. No me han permitido verlo. –Se levantó y se acercó a la ventana–. Lo que están haciendo va contra la ley, pero... Daniel tiene antecedentes, como ya saben. Es evidente que quieren obligarlo a que cambie su declaración. Y... no estoy seguro, pero apostaría cualquier cosa a que es así... ese es el motivo por el cual ha desaparecido la señora Rogers. –Volvió a su mesa y se sentó–. De modo que... así están las cosas. –Me miró–. Trataré de arreglar las cosas en la medida de lo posible. Pero aun así va a ser muy difícil.

–¿Cuándo necesita usted el dinero? –preguntó mamá.

–Ya me he puesto en marcha para buscar a la señora Rogers –dijo–. Necesitaré el dinero en cuanto puedan conseguirlo. También procuraré obligar al fiscal a que me permita ver a Daniel Carty, aunque tratarán de impedírmelo poniéndome toda clase de obstáculos.

–Así que lo que estamos intentando es ganar tiempo –dijo mamá.

–Sí –dijo Hayward.

«Tiempo»: la palabra resonó como las campanas de una iglesia. Era lo que Fonny estaba haciendo: matando el tiempo, cumpliendo su condena. Con el tiempo, seis meses más tarde, nacería nuestro hijo. En algún lugar en el tiempo, Fonny y yo nos habíamos conocido; en algún lugar en el tiempo, nos habíamos amado. En algún lugar, no ya en el tiempo, sino completamente a merced de él, nos amábamos.

En algún lugar en el tiempo, Fonny paseaba arriba y abajo por una celda mientras le crecía el pelo, cada vez más y más rizado. En algún lugar en el tiempo, se pasaba la mano por el mentón, que clamaba por un afeitado; en algún lugar en el tiempo, se rascaba los sobacos, que clamaban por un baño. En algún lugar en el tiempo, contemplaba su situación, sabiendo que era víctima de un falso testimonio, en el tiempo, con la connivencia del tiempo. En otro tiempo había temido a la vida; ahora temía a la muerte... en algún lugar en el tiempo. Cada mañana despertaba con Tish en sus párpados y cada noche se dormía con Tish atormentándole más allá del ombligo. Ahora vivía en el tiempo, entre el rugir y el hedor y la belleza y el horror de innumerables hombres; y se había visto precipitado a ese infierno en un abrir y cerrar de ojos.

El tiempo no se podía comprar. La única moneda que el tiempo aceptaba era la vida. Sentada en el brazo de cuero de la silla de Hayward, miraba a través de la enorme ventana hacia abajo, hacia Broadway, y me eché a llorar.

–Tish –dijo Hayward, impotente.

Mamá se acercó y me tomó en sus brazos.

–No nos hagas esto –dijo–. No nos hagas esto.

Pero no podía parar. Me parecía que nunca encontraríamos a la señora Rogers; que Bell nunca cambiaría su declaración; que golpearían a Daniel hasta que cambiara la suya. Y que Fonny se pudriría en la cárcel y moriría en ella... y yo... yo no podía vivir sin Fonny.

–Tish –dijo mamá–, ya eres una mujer. Tienes que ser una mujer. Estamos en una situación muy difícil, pero si lo piensas bien, las cosas no han cambiado tanto. Hija, no tienes que rendirte. No puedes rendirte. Hay que sacar a Fonny de esto. No me importa lo que tengamos hacer para conseguirlo... ¿me entiendes, hija? Hace demasiado tiempo que dura esta locura... Pero si no empiezas a cambiar tu forma de pensar, vas a ponerte enferma. Y no puedes ponerte enferma ahora... lo sabes muy bien. Prefiero que sea el Estado quien lo mate a que seas tú quien lo haga. Así que, vamos, hija, tenemos que sacarlo de esto.

Se apartó de mí. Me sequé los ojos. Mamá se volvió hacia Hayward.

–¿No tiene ninguna dirección donde buscar a esa chica en Puerto Rico?

–Sí. –La escribió en un papel y se lo tendió a mamá–. Esta semana mandaremos a alguien allá.

Mamá dobló el papel y lo guardó en su bolso.

–¿Cuándo cree que podrá ver a Daniel?

–Tengo la intención de verlo mañana, pero tendré que remover cielo y tierra para conseguirlo.

–Hágalo, con tal de que le dejen verlo.

Sharon volvió junto a mí.

–En casa nos pondremos a pensar todos juntos en el asunto, señor Hayward, para ver qué se nos ocurre. Le diré a Ernestine que lo llame mañana a primera hora. ¿Le parece bien?

–Perfecto. Por favor, salude a Ernestine de mi parte. –Hayward dejó su puro, se me acercó y puso una torpe mano sobre mi hombro–. Mi querida Tish –dijo–, por favor, aguanta. Por favor, aguanta. Te juro que ganaremos, que Fonny saldrá libre. No, no será fácil. Pero tampoco es algo tan insuperable como te parece ahora.

–Dígaselo –le pidió mamá.

–Cuando voy a ver a Fonny, lo primero que hace es preguntarme por ti. Y yo siempre le digo: «¿Tish? Está muy bien». Pero me mira a la cara para asegurarse de que no le miento. Y yo soy muy mal mentiroso. Mañana voy a verlo. ¿Qué debo decirle?

–Dígale que estoy bien.

–¿Crees que podrías ofrecernos una pequeña sonrisa... para acompañar a tu mensaje? Yo podría entregársela. Le gustará mucho.

Sonreí, y él sonrió, y algo realmente humano ocurrió entre nosotros por primera vez. Hayward retiró la mano de mi hombro y se acercó a mamá.

–¿Puede decirle a Ernestine que me llame a eso de las diez? O antes, si es posible. De lo contrario, no conseguirá localizarme hasta las seis.

–Se lo diré. Y muchas gracias, señor Hayward.

–¿Sabe una cosa? Me gustaría que dejara de llamarme «señor».

–De acuerdo, Hayward. Y tú puedes llamarme Sharon.

–Lo haré. Y espero que seamos amigos cuando todo esto termine.

–Claro que lo seremos –dijo mamá–. Gracias de nuevo. Adiós.

–Hasta pronto. No olvides lo que te he dicho, Tish.

–No lo olvidaré. Lo prometo. Dígale a Fonny que estoy bien.

–Esa es mi chica. O, más bien –y pareció más infantil que nunca–, la chica de Fonny.

Sonrió y nos abrió la puerta.

–Adiós –dijo.

–Adiós –dijimos.

Un sábado por la tarde, Fonny caminaba por la Séptima Avenida cuando se encontró con Daniel. No se habían visto desde la época de la escuela.

El tiempo no había mejorado a Daniel. Seguía siendo grandote, negro, gritón; a los veintitrés años –es un poco mayor que Fonny– le quedaban ya pocos amigos y conocidos. Así que, después de un instante de verdadero asombro y júbilo, Fonny y Daniel se abrazaron en la avenida, y gritaron entre risas, y se dieron palmadas en la cabeza y en los hombros, súbitamente vueltos a la niñez, y, aunque a Fonny no le gustan los bares, se sentaron en el más cercano y pidieron dos cervezas.

–¡Bueno! ¿Y qué hay de nuevo?

No sé cuál de los dos hizo la pregunta, o cuál de los dos preguntó primero; pero puedo ver sus caras.

–¿Por qué me lo preguntas, tío?

–Porque, como dice el hombre acerca del monte Everest, estás ahí.

–¿Dónde?

–Ahora en serio, tío… ¿cómo te van las cosas?

–Trabajo como un esclavo de los judíos del distrito textil. Me paso el día empujando un carrito, subiendo y bajando en ascensores.

–¿Y cómo está tu familia?

–Oh, mi padre murió hace tiempo. Y yo sigo viviendo en el mismo sitio, con mi madre. Las varices la traen por la calle de la amargura. Así que…

Daniel bajó los ojos hacia su cerveza.

–¿Qué haces ahora?

–¿Ahora? ¿En este momento?

–Quiero decir… si tienes algún plan, tío, si estás ocupado, o puedes venirte conmigo ahora mismo.

–No tengo nada que hacer.

Fonny apuró su cerveza y pagó al camarero.

–Vamos. Tengo un poco de cerveza en casa. Vamos… ¿Te acuerdas de Tish?

–¿Tish…?

–Sí, Tish. Tish, la flacucha. Mi chica.

–¿Tish, la flacucha?

–Sí. Sigue siendo mi chica. Vamos a casarnos, tío. Venga, quiero enseñarte mi cuarto. Y Tish nos preparará algo de comer. Vamos… Ya te he dicho que tengo cerveza en casa.

Y aunque no debería gastarse el dinero de ese modo, mete a Daniel en un taxi y los dos van a Bank Street, donde yo no espero que Fonny traiga compañía. Pero se le ve tan contento y entusiasmado… y la verdad es que reconozco a Daniel a la luz de los ojos de Fonny. Porque no es tanto que el tiempo no lo haya mejorado: lo que veo es hasta qué punto lo ha maltratado. Y no es porque sea muy perceptiva, sino porque estoy enamorada de Fonny. Ni el amor ni el terror nos ciegan: es la indiferencia lo que nos ciega. Y yo no podía ser indiferente respecto a Daniel porque me daba cuenta, a través de la cara de Fonny, de lo maravilloso que era para él haber rescatado, milagrosamente, de las aguas estancadas de su pasado, a un amigo.

Pero esto significa que tengo que salir a comprar comida, así que me voy y los dejo a solas. Tenemos un tocadiscos. Cuando salgo, Fonny está poniendo «Compared to What». Daniel está sentado en cuclillas en el suelo, tomando cerveza.

–¿Así que de veras pensáis casaros? –pregunta con un aire entre melancólico y burlón.

–Bueno, sí, estamos buscando un lugar donde vivir… Buscamos un loft porque es lo más barato, ¿sabes?, y además porque podré trabajar sin incordiar demasiado a Tish. En este cuarto apenas cabe una persona, de modo que ni soñar con que vivamos los dos, y aquí es también donde trabajo y guardo el material, aquí y en el sótano… –Mientras habla está liando un cigarrillo, para él y para Daniel, sentado enfrente–. Hay montones de lofts vacíos en el East Side, tío, y nadie quiere alquilarlos, salvo los chiflados como yo. Son trampas mortales en caso de incendio, y algunos ni siquiera tienen baño. Así que me imagino que no resultará muy difícil encontrar alguno. –Enciende el cigarrillo y se lo pasa a Daniel–. Pero, tío… en este país odian a los negros. Te juro que prefieren alquilar a un leproso antes que a un negro. –Daniel aspira el humo del cigarrillo y se lo pasa a Fonny («¡viejas damas cansadas besando perros!», grita el tocadiscos), que da una calada, toma un trago de cerveza y se lo devuelve a Daniel–. A veces Tish y yo vamos a buscar juntos, a veces va ella sola, a veces voy yo solo. Pero siempre es la misma historia, tío. –Se pone de pie–. Y ahora ya no puedo dejar que Tish vaya sola, porque la semana pasada creímos que habíamos conseguido un loft, el tipo se lo había prometido a Tish. Pero no me había visto a mí. Y el tipo se piensa que una chica negra sola que busca un loft en el centro... bueno, se piensa que se lo iba a montar con ella, que Tish se le está ofreciendo. Eso es lo que piensa el tipo. Y Tish viene y me lo cuenta, muy orgullosa y feliz... –se sienta de nuevo–, y vamos a ver el loft. Y cuando el tipo me ve, dice que ha habido un terrible malentendido, que no puede alquilar el loft porque unos parientes suyos van a llegar de Rumanía en cualquier momento y tienen que quedarse allí. Joder. Y le digo que eso es una puta mentira y el tipo amenaza con llamar a la policía. –Toma el cigarrillo que le tiende Daniel–. Tengo que encontrar la manera de juntar un poco de pasta para largarme de este país de mierda.

–¿Y cómo te las vas a arreglar?

–Todavía no lo sé –dice Fonny–. Tish no sabe nadar.

Le devuelve el cigarrillo a Daniel y los dos se revuelcan llorando de la risa.

–Quizá tú podrías irte antes –dice Daniel, ahora en serio.

El cigarrillo y el disco se han acabado.

–No, no me creo capaz de hacerlo. –Daniel lo mira–. Me daría demasiado miedo.

–¿Miedo de qué? –pregunta Daniel, aunque en realidad ya sabe la respuesta.

–Miedo, simplemente... –dice Fonny después de un largo silencio.

–¿Miedo de lo que podría ocurrirle a Tish? –pregunta Daniel.

Otro largo silencio. Fonny mira por la ventana. Daniel mira la espalda de Fonny.

–Sí –responde al fin–. Miedo de lo que podría ocurrirnos a los dos si estuviéramos separados. Tish no tiene muchas luces, tío... confía en todo el mundo. Camina por la calle moviendo ese culito que tiene, y, tío, se queda muy sorprendida cuando algún tipo quiere saltarle encima. Ella no ve lo que yo veo. –Vuelve a producirse un silencio, Daniel se queda mirándolo, y Fonny continúa–: Sé que puedo parecer un tipo de lo más raro. Pero tengo dos cosas en la vida, tío: tengo mi madera y mi piedra, y tengo a Tish. Si las pierdo, estoy perdido. Lo sé. Y tú sabes… –se vuelve para mirar a Daniel– que lo que hay dentro de mí no es algo que yo haya buscado. Está ahí y ya está. Y tampoco puedo sacármelo de dentro.

Daniel va a sentarse en el colchón, se apoya contra la pared.

–Yo no creo que seas un tipo tan raro. Lo que sí sé es que eres un tipo con suerte. Yo no tengo nada de lo que tú tienes. ¿Puedo tomarme otra cerveza, tío?

–Claro –dice Fonny, y abre otras dos latas.

Le tiende una a Daniel, este toma un trago largo y dice:

–Acabo de salir de la cárcel, tío. Dos años.

Fonny no dice nada, se limita a volverse y mirarlo.

Daniel no dice nada; toma un poco más de cerveza.

–Dijeron… todavía lo dicen, que robé un coche. Tío, si ni siquiera sé conducir. Traté de que mi abogado lo demostrara, pero no lo hizo; porque en realidad era el abogado de ellos, trabajaba para la fiscalía. Además, yo no estaba en ningún coche cuando me trincaron. Pero llevaba un poco de marihuana encima. Estaba sentado en los escalones de mi casa. Los tipos vinieron y se me llevaron, sin más, era casi medianoche, y me encerraron y a la mañana siguiente me pusieron en una rueda de reconocimiento y alguien dijo que era yo quien había robado el coche… el coche que no había visto en mi vida. Y, claro, como me habían pillado con la hierba encima ya me tenían agarrado, y me dijeron que si me declaraba culpable me pondrían una condena muy corta, pero que si no me declaraba culpable lo tendría muy crudo. En fin… –volvió a beber un trago de cerveza–, yo estaba solo, tío, no tenía a nadie, así que les hice caso y me declaré culpable. ¡Dos años! –Se inclina hacia delante, mirando a Fonny–. Aunque, claro, sonaba mucho mejor que los cargos por posesión de marihuana. –Se inclina hacia atrás, se echa a reír, bebe más cerveza y mira a Fonny–. Pero no era así. Les dejé que me jodieran porque estaba asustado y era tonto. Ahora me arrepiento. –Calla un momento–. ¡Dos años! –vuelve a exclamar.

–Te jodieron bien jodido –dice Fonny.

–Sí –dice Daniel, después del silencio más largo y estruendoso que ambos hayan conocido nunca.

Cuando vuelvo, los dos están sentados, un poco colocados, y no digo nada y me muevo en el minúsculo espacio de la cocina haciendo apenas ruido. Fonny se me acerca y se frota contra mí por detrás y me abraza y me besa en la nuca. Después se vuelve hacia Daniel.

–¿Cuánto hace que te soltaron?

–Unos tres meses. –Se levanta del colchón, va hacia la ventana–. Fue terrible, tío. Terrible. Y ahora también lo es. Quizá me sentiría de otro modo si realmente hubiera hecho algo. Pero no hice nada. Jugaron conmigo, tío, porque podían hacerlo. Y tuve suerte de que me echaran solo dos años... Porque pueden hacer con uno lo que quieran. Lo que les dé la gana. Son unos perros. En la cárcel me di cuenta de lo que querían decir Malcolm y su gente. El hombre blanco tiene que ser el diablo. No puede ser un hombre. Algunas cosas de las que vi allí, tío... Soñaré con ellas hasta que me muera.

Fonny apoya una mano en el hombro de Daniel, que se estremece. Las lágrimas corren por sus mejillas.

–Lo sé –dice Fonny, suavemente–, pero trata de que eso no acabe contigo. Ya ha pasado todo, ahora eres libre, y todavía eres joven.

–Entiendo lo que quieres decir. Y te lo agradezco. Pero tú no sabes... Lo peor, tío, lo peor de todo, es que hacen que te cagues de miedo. Que te cagues de miedo, tío. De miedo.

Fonny no dice nada, simplemente se queda allí parado, con la mano posada en el cuello de Daniel.

Yo grito desde la cocina:

–¿Tenéis hambre, chicos?

–Sí –grita Fonny–. Estamos muertos de hambre. ¡Date prisa!

Daniel se seca los ojos, se acerca a la puerta de la pequeña cocina y me sonríe.

–Me alegro mucho de verte, Tish. No has engordado ni un gramo, ¿eh?

–Cierra el pico. Estoy flaca porque soy pobre.

–Bueno, no sé por qué no te buscas un marido rico. Con este nunca vas a aumentar de peso.

–Bueno, cuando eres flaca, Daniel, puedes moverte más rápido y, en situaciones apuradas, tienes más posibilidades de salir pitando. No sé si me entiendes...

–Me parece que lo tienes todo muy calculado. ¿Te ha enseñado Fonny esas cosas?

–Fonny me ha enseñado algunas cosas. Pero también tengo una inteligencia natural muy rápida... ¿No te he dejado impresionado?

–Tish, me han impresionado tantas cosas de ti que no he tenido tiempo de hacerte justicia.

–No eres el único. Y no puedo culparte. Soy tan deslumbrante que a veces tengo que pellizcarme.

Daniel se ríe.

–Me gustaría verlo. ¿Dónde te pellizcas?

Fonny murmura:

–Es tan deslumbrante que a veces tengo que cantarle las cuarenta.

–¿Es que también te pega?

–¡Ah! ¿Qué puedo hacer? «Mi vida no es más que desesperación, pero no me importa...»

De pronto los tres nos ponemos a cantar por Billie Holiday:

Cuando él me toma entre sus brazos
el mundo resplandece.
Qué importa si digo
que me iré
cuando sé que volveré
de rodillas algún día,
porque, sea como sea mi hombre,
¡soy suya,
para siempre!

Después nos echamos a reír. Daniel se serena, se retrae en sí mismo, súbitamente alejado de nosotros.

–Pobre Billie –dice–. También a ella la dejaron hecha mierda...

–Tío –dice Fonny–, lo que hay que hacer es seguir adelante día a día, ir tirando. Si le das demasiadas vueltas a todo, entonces estás de veras jodido, no puedes avanzar.

–¡A comer! –digo–. Vamos.

He preparado algo que le gusta mucho a Fonny: costillas y pan de maíz y arroz, con salsa y guisantes. Fonny pone otro disco y baja el volumen: «What's Going On», de Marvin Gaye.

–Tal vez Tish no engorde nunca –dice Daniel–, pero tú te pondrás hecho un tonel. Eh, chicos, ¿no os importa que me pase por aquí de cuando en cuando a la hora de comer...?

–Cuando tú quieras –dice Fonny alegremente, y me guiña un ojo–. Puede que Tish no sea muy guapa, pero sabe moverse bien entre fogones.

–Me alegra saber que sirvo para algo –replico, y Fonny me hace otro guiño y empieza a devorar una costilla.

Fonny: mastica y me mira, y en completo silencio, sin mover un músculo, los dos nos reímos. Nos reímos por muchos motivos. Estamos juntos en un lugar solo nuestro, donde nadie puede alcanzarnos, tocarnos. Somos felices porque la comida que tenemos también llega para Daniel, que come tranquilamente, sin saber que nos estamos riendo, pero sintiendo que nos ha ocurrido algo maravilloso, lo cual significa que las cosas maravillosas pueden ocurrir, y que quizá alguna vez le ocurran a él. En cualquier caso, es maravilloso ser capaces de despertar ese sentimiento en una persona.

Daniel se queda con nosotros hasta medianoche. Le asusta un poco irse solo y caminar por esas calles, y Fonny se da cuenta y lo acompaña hasta el metro. Aunque Daniel no puede abandonar a su madre, anhela ser libre para poder enfrentarse a su propia vida, pero al mismo tiempo tiene miedo de lo que pueda depararle, le aterra la libertad, y se debate dentro de esa trampa. Y Fonny, aun siendo menor que él, lucha por hacerse mayor para intentar ayudar a su amigo a liberarse. «¿Acaso mi Señor no liberó a Daniel? ¿Y por qué no a todos los hombres?»

La canción es vieja, la pregunta sigue sin respuesta.

Mientras caminaban esa noche, y otras muchas noches que siguieron, Daniel trataba de contarle a Fonny todo lo que le había sucedido en la cárcel. A veces hablaban en el cuarto, de manera que yo los escuchaba; otras, él y Fonny estaban a solas. A veces, al hablar, Daniel lloraba; a veces, Fonny lo abrazaba. Otras veces era yo quien lo abrazaba. Daniel lo sacaba todo de su interior, obligaba a salir todo eso que tenía dentro, se lo arrancaba como si fuera metal retorcido, desgarrado, frío, junto con su carne y su sangre. Se lo arrancaba de sí como un hombre que trata de curarse:

–Al principio, no entiendes lo que te está sucediendo. No hay manera de entenderlo. Aquellos tipos llegaron a las escaleras de mi casa y me arrestaron y me registraron. Después, cuando volvía a pensar en ese momento, me daba cuenta de que ni siquiera sabía por qué. Siempre estaba sentado en las escaleras de mi casa, con los demás chavales, y los polis pasaban muchas veces por delante. Yo no estaba metido en esa mierda de la droga, pero ellos sabían que alguno de los otros chavales sí... podías ver que ellos lo sabían. Y los veían rascándose nerviosos, cabeceando... Cada vez que lo pienso, me doy cuenta de que a esos hijos de puta de la policía no se les escapa nada. Van a la comisaría e informan: «Todo tranquilo, señor. Hemos seguido al traficante mientras hacía su ronda y distribuía la mercancía, y los negros no están metidos esta vez». Pero esa noche yo estaba solo, a punto de entrar en casa, cuando pararon el coche y me gritaron y me empujaron hacia el vestíbulo y me registraron. Ya sabéis cómo van esas cosas...

Yo no lo sé. Pero Fonny asiente, sin mover un músculo de la cara, con los ojos muy oscuros.

–Yo acababa de agenciarme la hierba, la tenía en el bolsillo de atrás del pantalón. A esos tipos les encanta cachearle el culo a un tipo, así que me encontraron la hierba, y uno de ellos se la dio al otro y me pusieron las esposas y me metieron a empujones en el coche. Y no tenía ni idea de que la cosa iba a terminar así, quizá estaba algo colocado, quizá ni siquiera me dio tiempo a pensar, pero, tío, cuando me pusieron las esposas y me hicieron bajar la escalera a empujones y me metieron en aquel coche y el coche arrancó, tuve ganas de gritar llamando a mi madre. Y entonces empecé a sentir miedo, porque mamá apenas puede hacer nada por sí sola, y comenzaría a preocuparse por mí, ¡y nadie sabía dónde estaba yo! Los tipos me llevaron a la comisaría y presentaron cargos contra mí por posesión de drogas y me quitaron todo lo que llevaba encima y yo les pregunté: «¿Puedo hacer una llamada?». Y entonces me di cuenta de que no tenía nadie a quien llamar, salvo a mi madre. ¿Y a quién iba a llamar ella a esas horas de la noche? Solo esperaba que ya se hubiera dormido pensando que yo volvería tarde, y para cuando se despertara por la mañana y se diera cuenta de que no había vuelto a casa, ya se me habría ocurrido… algo. Me metieron en un calabozo con otros cuatro o cinco tipos, que lo único que hacían era cabecear y tirarse pedos, y me senté allí y traté de estudiar el asunto con calma. «¿Qué coño puedo hacer?», pensé. «No tengo a quién llamar, no tengo absolutamente a nadie… salvo quizá al judío para quien trabajo, un tipo bastante majo, pero no creo que entienda nada de toda esta mierda.» Y me rompo la cabeza pensando si puedo recurrir a alguna otra persona para que avise a mi madre, alguien que sea tranquilo y pueda tranquilizarla a ella, alguien que pueda hacer algo. Pero no se me ocurre nadie.

»Por la mañana fueron a buscarnos al calabozo y nos metieron en el furgón. Había un viejo blanco hijo de puta, lo habían trincado en el Bowery, creo, y se había vomitado todo encima y miraba al suelo y cantaba. El tipo no sabía cantar, pero no veas cómo apestaba. Y, tío, me alegré mucho de no ser un drogadicto, porque uno de los tipos empezó a gemir, y se rodeaba el cuerpo con los brazos, y el sudor le corría como agua por una tabla de lavar. Yo no sería mucho mayor que él, y habría querido ayudarlo, pero sabía que no podía hacer nada. Y pensé: "Los polis que lo han metido en este furgón saben que este tipo está enfermo. Sé que lo saben. No debería estar aquí. Y apenas es un chaval". Pero los hijos de puta gozaban tanto cuando lo metían en el furgón que por poco se corren en los pantalones. Tío, no creo que haya un solo blanco en este país que no necesite oír quejarse a un negro para que se le ponga tiesa.

»En fin, que allí estábamos todos metidos, y todavía no se me había ocurrido a quién llamar. Tenía ganas de cagar y de morirme. Pero sabía que no podía hacer ninguna de las dos cosas. Me imaginé que me dejarían cagar cuando ellos quisieran, así que mientras tanto lo mejor sería aguantarme como pudiera. Y eso de querer morirme era una absoluta estupidez, porque esos tipos podían matarme cuando se les antojara y tal vez moriría ese mismo día. Antes de cagar. Entonces volví a pensar en mamá. Sabía lo preocupada que estaría en esos momentos.

A veces Fonny lo abrazaba, otras lo abrazaba yo. En ocasiones Daniel permanecía plantado ante la ventana, dándonos la espalda.

–No puedo contaros mucho más... debe de haber un montón de mierda que nunca seré capaz de contarle a nadie. Los tipos me trincaron con la hierba encima y aprovecharon para acusarme por el robo del coche... ese coche que nunca he visto. Supongo que dio la casualidad de que ese día necesitaban un ladrón de coches. Ojalá hubiera sabido de qué coche se trataba. Aunque espero que no fuera el de un negro...

Entonces, a veces, Daniel sonreía; otras se secaba los ojos. Comíamos y bebíamos juntos. Daniel luchaba con todas sus fuerzas para superar algo, algo innombrable: luchaba con todas las fuerzas de que es capaz un hombre. Y a veces yo lo abrazaba, otras lo hacía Fonny: éramos lo único que tenía.

El martes, al día siguiente de ir al despacho de Hayward, fui a ver a Fonny a la visita de las seis. Nunca lo había encontrado tan nervioso.

–¿Qué coño vamos a hacer con lo de la señora Rogers? ¿Dónde carajo se habrá metido?

–No lo sé. Pero la encontraremos.

–¿Y cómo pensáis encontrarla?

–Mandaremos a alguien a Puerto Rico. Creemos que está allá.

–¿Y si se ha ido a Argentina? ¿O a Chile? ¿O a la China?

–Fonny, por favor… ¿Cómo podría irse tan lejos?

–¡Quizá le hayan dado dinero para que se largue a cualquier parte!

–¿Quién?

–¡El fiscal, ese se lo habrá dado!

–Fonny…

–¿No me crees? ¿No piensas que son capaces de hacerlo?

–No creo que lo hayan hecho.

–¿Y de dónde sacaréis la pasta para encontrarla?

–Todos estamos trabajando, todos.

–Sí. Mi padre trabaja en el distrito textil, tú en los grandes almacenes, tu padre en el puerto…

–Fonny, escúchame…

–¿Escuchar qué? ¿Y qué vamos a hacer con ese puto abogado? A ese no le importo un carajo, nadie le importa un carajo. ¿Quieres que me muera metido aquí dentro? ¿Tú sabes las cosas que pasan aquí? ¿Tú sabes lo que me pasa a mí, a mí, en este sitio?

–Fonny… Fonny… Fonny…

–Perdóname, nena. Nada de esto va contigo. Perdóname. Te quiero, Tish, perdóname.

–Te quiero, Fonny. Te quiero.

–¿Cómo está el bebé?

–Creciendo. El mes que viene ya se me empezará a notar.

Nos quedamos mirándonos.

–Sácame de aquí, nena. Sácame de aquí. Por favor.

–Te lo prometo. Te lo prometo. Te lo prometo.

–No llores. Perdóname por haber gritado. No te gritaba a ti, Tish.

–Lo sé.

–Por favor, no llores. Por favor. Es malo para el niño.

–Está bien.

–Sonríe, Tish.

–¿Así está bien?

–¿No puedes sonreír un poco más?

–¿Así está mejor?

–Sí. Ahora, un beso.

Besé el cristal. Él besó el cristal.

–¿Todavía me quieres?

–Siempre te querré, Fonny.

–Te quiero. Te echo de menos. Echo de menos todo de ti, echo de menos todo lo que teníamos juntos, todo lo que hacíamos juntos, caminar y hablar y hacer el amor… Ah, nena, sácame de aquí.

–Te sacaré. Trata de aguantar.

–Te lo prometo. Hasta pronto.

–Hasta pronto.

Siguió al guardia hacia aquel infierno inconcebible, y yo me puse de pie, con las rodillas y los codos temblando, para volver a cruzar el Sáhara.

Esa noche soñé, soñé durante toda la noche, tuve sueños terribles. En uno de ellos, Fonny conducía un camión, un camión enorme, muy rápido, demasiado rápido, por la autopista, y me estaba buscando. Pero no me veía. Yo iba detrás del camión, llamándolo a gritos, pero el rugido del motor ahogaba mi voz. Había dos salidas en la autopista, y las dos parecían exactamente iguales. La carretera discurría junto a un acantilado, por encima del mar. Una de las salidas llevaba hacia nuestra casa; la otra, hacia el borde del acantilado que caía a plomo hacia el mar. ¡Fonny conducía muy rápido, demasiado rápido! Grité su nombre con todas mis fuerzas y, cuando Fonny empezaba a hacer girar el camión, volví a gritar y desperté.

La luz estaba encendida y Sharon se hallaba inclinada sobre mí. No puedo describir su cara. Sostenía una toalla mojada con agua fría y me la pasaba por la nuca y la frente. Se inclinó un poco más y me besó.

Después se enderezó y me miró a los ojos.

–Sé que ahora no puedo ayudarte mucho –dijo–. Dios sabe cuánto daría por poder hacerlo. Pero si te sirve de consuelo, te diré que sé algo acerca del sufrimiento: sé que al final siempre se acaba. No voy a mentirte, no siempre termina de la mejor manera. A veces termina de la peor manera. A veces uno sufre tanto que puede llegar a un punto en que ya no es posible volver a sufrir nunca más; y eso es lo peor.

Me tomó ambas manos y las apretó con fuerza entre las suyas.

–Trata de recordar esto. Y también, que la única manera de hacer algo es decidirse a hacerlo. Sé que muchos de nuestros seres queridos, muchos de nuestros hombres, han muerto en la cárcel; pero no todos. Recuérdalo. Y recuerda que no estás sola en esa cama, Tish. Tienes a esa criatura en tu vientre, debajo de tu corazón, y todos nosotros contamos contigo, Fonny cuenta contigo, para que ese niño nazca sano y salvo. Eres la única que puede lograrlo. Eres fuerte. Confía en tu fuerza.

–Sí, sí, mamá –dije.

Sabía que no tenía fuerzas. Pero las sacaría de alguna parte, de donde fuera.

–¿Ya estás mejor? ¿Podrás volver a dormirte?

–Sí.

–No quiero sonar como una tonta, pero recuerda que fue el amor el que te trajo hasta aquí. Y si has confiado todo este tiempo en el amor, no dejes que ahora te venza el miedo.

Volvió a besarme, apagó la luz y se marchó.

Permanecí tumbada en la cama, completamente despierta; y muy asustada. «Sácame de aquí.»

Me acordé de algunas mujeres que había conocido, pero a las que apenas me había atrevido a mirar, porque me asustaban; porque sabían cómo utilizar sus cuerpos para conseguir lo que querían. Ahora empezaba a comprender que mi juicio sobre esas mujeres tenía muy poco que ver con la moral. (Y también empezaba a preguntarme por el significado real de esa palabra.) Las había juzgado pensando que esas mujeres parecían conformarse con muy poco. No podía imaginarme ofreciéndome por un precio tan bajo.

Pero ¿por un precio más alto? ¿Por Fonny?

Me quedé un rato dormida, y luego volví a despertarme. Nunca me había sentido tan cansada. Me dolía todo el cuerpo. Miré el reloj y me di cuenta de que pronto sería hora de levantarse y de ir al trabajo, a menos que llamara diciendo que estaba enferma. Pero no podía hacer eso.

Me vestí y fui a la cocina para tomar té con mamá. Joseph y Ernestine ya se habían ido. Mamá y yo bebimos el té en un silencio total. Algo no paraba de dar vueltas y vueltas en mi mente: no podía hablar.

Bajé a la calle. Eran algo más de las ocho. Caminé por esas calles matutinas, esas calles que nunca estaban desiertas. Pasé junto al viejo negro y ciego de la esquina. Quizá lo hubiera visto allí toda mi vida. Pero por primera vez me pregunté acerca de la suya. En la esquina había también cuatro chicos, todos ellos yonquis, charlando. Algunas mujeres se apresuraban para ir al trabajo. Intenté leer en sus caras. Otras volvían por fin a casa para poder descansar un poco, subiendo por la avenida en dirección a sus cuartos amueblados. Todas las calles transversales estaban llenas de basura, y la basura también se apilaba en todas las escaleras de entrada a lo largo de la avenida. Pensé: «Si voy a vender mi culo, será mejor que no lo intente aquí. Me llevaría tanto tiempo como fregar suelos, y sería mucho más penoso». Lo que en realidad pensaba era esto: «Sé que no puedo hacerlo antes de que nazca el niño, pero, si Fonny no ha salido para entonces, tal vez tenga que intentarlo. Quizá debería ir preparándome». Pero había otra cosa que no paraba de dar vueltas en el fondo de mi cabeza, algo que, lo sabía bien, aún no tenía el coraje de mirar de frente.

Prepararme… ¿cómo? Bajé la escalera del metro, pasé el torniquete y esperé en el andén junto a los demás. Cuando llegó el tren, empujé para entrar como los demás, y me apoyé contra una de las barras, envuelta por el aliento y el olor de toda aquella gente. Un sudor frío empezó a cubrirme la frente y a gotearme por las axilas y la espalda. No había pensado en ello hasta entonces, porque era consciente de que tendría que seguir trabajando hasta el último momento; pero ahora empecé a preguntarme cómo, conforme fuera poniéndome cada vez más pesada y sintiéndome peor, iba a poder llegar al trabajo. Si me desmayaba, toda esa gente que entraba y salía del tren simplemente me pisotearía y nos mataría al niño y a mí. «Contamos contigo… Fonny cuenta contigo… Fonny cuenta contigo para que ese niño nazca sano y salvo.» Me agarré con más fuerza a la barra blanca. Mi cuerpo helado se estremeció.

Miré a mi alrededor en el vagón. Se parecía un poco a los dibujos que había visto de los barcos de esclavos. Desde luego, en los barcos de esclavos no había periódicos, todavía no los habían necesitado; pero en lo que se refería al espacio (y también, quizá, a la intención), el principio era exactamente el mismo. Un hombre corpulento, que apestaba a salsa picante y pasta dentífrica, respiraba pesadamente contra mi cara. No era culpa suya si tenía que respirar, o si mi cara estaba allí. Su cuerpo también se apretaba contra el mío, con fuerza, pero no porque estuviera pensando en violarme, o estuviera siquiera pensando en mí. Seguramente se estaba preguntando –y de manera muy vaga– cómo iba a poder aguantar otro día en el trabajo. Y estaba muy claro que ni siquiera me veía.

Y cuando un vagón de metro está atestado –a menos que vaya lleno de gente que se conoce entre sí, por ejemplo, de gente que va a un picnic–, casi siempre está en silencio. Como si cada uno contuviera el aliento, esperando el momento de poder salir de allí. Cada vez que el tren llega a una estación y algunas personas te empujan para poder bajar –como ocurrió en ese momento con el hombre que olía a salsa picante y pasta dentífrica–, es como si se oyera un gran suspiro, inmediatamente sofocado por la gente que entra. Ahora, una chica rubia que llevaba una sombrerera me echaba en la cara su aliento resacoso. Llegué a mi parada, bajé del vagón, subí las escaleras y crucé la calle. Me encaminé hacia la entrada de servicio y fiché, me quité la ropa de calle y me dirigí hacia mi mostrador. Llegaba un poco tarde, pero había fichado a tiempo.

El jefe de mi sección, un chico blanco, joven y bastante simpático, frunció burlonamente el ceño al verme correr hacia mi puesto.

Solo ancianas blancas acuden a ese mostrador para olerme el dorso de la mano. Es muy raro que un negro se acerque, y cuando lo hace, sus intenciones son a menudo más generosas y siempre más concretas. Quizá algunos negros me encuentren demasiado parecida a una hermana pequeña desvalida. Y les preocupa que pueda convertirme en una puta. Otros tal vez se me acerquen solo para mirarme a los ojos, para oír mi voz, para saber de qué voy. Y nunca me huelen el dorso de la mano: extienden la suya y yo les pongo perfume, y ellos se la llevan a la nariz. Y no se toman la molestia de fingir que se han acercado para comprar perfume. A veces compran algún frasco, pero es algo muy raro. A veces la mano que uno de ellos se ha acercado a la nariz se cierra en un puño secreto, y con esa plegaria, con ese saludo, se aleja. En cambio, los blancos se llevan mi mano a la nariz y la retienen. A lo largo de ese día estuve observando a todo el mundo, mientras algo no paraba de dar vueltas y más vueltas en mi mente. Al final de la jornada, Ernestine vino a buscarme. Dijo que habían localizado a la señora Rogers en Santurce, Puerto Rico; y que alguno de nosotros debía ir a buscarla allí.

–¿Con Hayward?

–No. Hayward tiene que vérselas aquí con Bell y con el fiscal. Además, tienes que comprender que hay muchos, muchos motivos, por los que Hayward no puede ir allí. Lo acusarían de intimidar a un testigo.

–¡Pero eso es lo que hacen ellos!

–Tish… –Caminábamos por la Octava Avenida, hacia Columbus Circle–. Nos llevaría tanto tiempo demostrarlo que para cuando lo consiguiéramos tu hijo ya tendría edad de votar.

–¿Vamos a tomar el metro o el autobús?

–Vamos a sentarnos en alguna parte hasta que pase la hora punta. Tú y yo tenemos que hablar antes de hacerlo con mamá y papá. Aún no lo saben. Aún no he hablado con ellos.

Y me doy cuenta de lo mucho que me quiere Ernestine, al mismo tiempo que recuerdo que, después de todo, solo tiene cuatro años más que yo.

> La señora Victoria Rogers, nacida Victoria María San Felipe Sánchez, declara que la noche del 5 de marzo, entre las once y las doce horas, en el vestíbulo de su domicilio, fue agredida sexualmente por un hombre que después reconoció en la persona de Alonzo Hunt, y que fue ultrajada de la manera más abominable, obligada a soportar las perversiones sexuales más inimaginables.

Nunca la he visto. Solo sé que un americano de origen irlandés, Gary Rogers, ingeniero, fue a Puerto Rico hace unos seis años y allí conoció a Victoria, que entonces tendría alrededor de dieciocho. Se casó con ella y la trajo a Estados

Unidos. Su carrera, lejos de avanzar, se estancó; parece que el tipo acabó amargado. En todo caso, después de hacerle tres hijos a Victoria, la abandonó. No sé nada del hombre con el que vivía en Orchard Street, con quien, al parecer, había huido a Puerto Rico. Los hijos están, presumiblemente, en alguna parte del interior del país, con sus parientes. El «domicilio» de Victoria está en Orchard Street. Vive en el cuarto piso. Si la violación ocurrió en el «vestíbulo», entonces Victoria fue violada en la planta baja, bajo la escalera. Pudo ocurrir en el cuarto piso, pero eso parece improbable: hay cuatro apartamentos en esa planta. Orchard Street, si conocen ustedes Nueva York, queda muy lejos de Bank Street. La primera está muy cerca del East River y la segunda se encuentra prácticamente en el Hudson. No es posible correr desde Orchard hasta Bank, sobre todo con la policía pisándote los talones. Pero Bell jura que vio a Fonny «correr desde la escena del crimen». Eso habría sido posible solo si Bell hubiera estado fuera de servicio, porque su «zona» está en el West Side, no en el East Side. Sin embargo, Bell arrestó a Fonny delante su bloque en Bank Street. Por consiguiente, corresponde al acusado demostrar –y pagar para poder demostrarlo– la irregularidad y la imposibilidad de esa secuencia de acontecimientos.

Ernestine y yo nos sentamos en el último reservado en un bar cerca de Columbus.

Ernestine tiene una manera especial de actuar conmigo, y también con sus niños: te suelta de golpe algo muy fuerte y después se echa hacia atrás, calculando cómo te lo tomarás. Debe saberlo a fin de determinar su propia posición: la red debe estar bien dispuesta y en su sitio.

Ahora, quizá porque me había pasado buena parte del día y de la noche anterior entregada a mis terrores –y cavilaciones– relacionados con la posible venta de mi cuerpo, empecé a concebir la realidad de la violación.

–¿Crees que de verdad la violaron? –pregunté.

–Tish, no sé qué está pasando por esa preocupada cabecita tuya, pero esa pregunta no tiene el menor sentido. Por lo que a nosotros respecta, la violaron y no hay vuelta de hoja. –Se detuvo y dio un trago a su bebida. Parecía muy calmada, pero se la veía pensativa, con la frente tensa por el miedo–. De hecho, creo que la violaron y que no tiene la menor idea de quién lo hizo, que probablemente no reconocería al individuo si se cruzara con él por la calle. Puede parecer absurdo, pero así es como funciona la mente humana. Podría reconocerlo si el tipo la violara otra vez, pero entonces ya no sería una violación. ¿Me entiendes?

–Sí, te entiendo. Pero ¿por qué acusa a Fonny?

–Porque le dijeron que Fonny era el violador, y era mucho más fácil decir que sí que volver a revivir toda la terrible experiencia. De ese modo, todo el asunto se acaba para ella. Salvo por el juicio. Pero, aparte de eso, todo ha terminado. Para ella.

–¿Y para nosotros?

–No. –Me miró muy fijo. Puede parecer algo raro de decir, pero en ese momento admiré su coraje–. Esto nunca terminará para nosotros. –Hablaba de manera muy cuidadosa, sin dejar de observarme–. En cierto sentido, esto nunca podrá terminar para nosotros. Pero no hablemos de eso ahora. Escúchame bien. Tenemos que pensar en nuestra situación muy en serio, y desde otra perspectiva. Por eso quería tomar algo a solas contigo antes de volver a casa.

–¿Qué tratas de decirme?

De repente, me sentí muy asustada.

–Escúchame. No creo que podamos hacer nada para que esa mujer cambie su declaración. Tienes que entender esto: la señora Rogers no está mintiendo.

–¿Qué intentas decirme? ¿Qué mierda quieres decir con eso de que no está mintiendo?

–¿Me haces el favor de escucharme? Claro que está mintiendo. Nosotros sabemos que está mintiendo. Pero ella…

no… está… mintiendo. Por lo que respecta a ella, Fonny es quien la violó, y ya no tiene que darle más vueltas al asunto. Se acabó. Para ella. Si cambia su declaración, se volverá loca. O se convertirá en otra mujer. Y tú sabes que es muy habitual que la gente se vuelva loca, pero que rara vez cambia.

–Entonces… ¿qué podemos hacer?

–Tenemos que probar que el fiscal se equivoca. No tiene sentido intentar que el Estado demuestre la inocencia de Fonny, porque para el Estado la acusación en sí ya es la prueba, y es así como lo entenderán esos tontos que formarán el jurado silencioso. Ellos también son unos mentirosos, y nosotros sabemos que lo son. Pero ellos no lo saben.

Por algún motivo recordé una frase que alguien me había dicho hacía tiempo, tal vez Fonny: «Un tonto nunca dice que es tonto».

–No podemos demostrar que el fiscal se equivoca. Daniel está en la cárcel.

–Sí. Pero Hayward lo verá mañana.

–Eso no significa nada. Estoy segura de que de todos modos Daniel cambiará su declaración…

–Puede que lo haga, puede que no. Pero tengo otra idea.

Estábamos sentadas en aquel sucio bar, tratando de mantener la calma.

–Pongámonos en el peor de los casos. Supongamos que la señora Rogers no cambia su declaración. Supongamos que Daniel cambia la suya. Eso nos deja únicamente al agente Bell, ¿no es así?

–Sí. ¿Y qué?

–Bueno… Tengo información sobre él. Mucha información. Puedo probar que, hace dos años, asesinó a un chaval negro de doce años en Brooklyn. Por eso lo trasladaron a Manhattan. Conozco a la madre del chaval asesinado. Y también conozco a la mujer de Bell, que lo odia.

–Su esposa no puede declarar contra él.

–No hace falta que declare contra él. Solo tiene que sentarse en la sala del tribunal y mirarlo…

–No entiendo en qué puede ayudarnos eso.

–Sé que no lo entiendes. Y tal vez tengas razón. Pero si ocurre lo peor, y siempre es mejor suponer que ocurrirá lo peor, entonces nuestra táctica tiene que consistir en destruir la credibilidad del único testigo del Estado.

–Ernestine –dije–, estás delirando.

–No lo creo. Estoy jugando mis cartas. Si consigo que esas dos mujeres, una negra y otra blanca, se sienten en la sala del tribunal, y si Hayward sabe hacer bien su trabajo, mediante los interrogatorios y contrainterrogatorios conseguiremos que el caso se desestime. Recuerda, Tish, que en el fondo nunca ha tenido mucha base legal. Si Fonny fuera blanco, ni siquiera habría caso.

Bueno. Entiendo lo que Ernestine se propone. Sé adónde quiere llegar. Es una jugada muy arriesgada. Pero, al fin y al cabo, en nuestra posición solo cuentan las jugadas arriesgadas. No tenemos otra posibilidad: eso es todo. Y me doy cuenta también de que, si creyéramos que era factible, ahora mismo estaríamos sentadas aquí, tranquilas, muy tranquilas, hablando sobre métodos y maneras de volarle a Bell la tapa de los sesos. Y cuando hubiéramos acabado, nos encogeríamos de hombros y pediríamos otro trago: eso es todo. La gente no lo sabe.

–Sí. Tienes razón. ¿Y lo de Puerto Rico?

–Ese es uno de los motivos por los que quería hablar contigo. Antes de que hablemos con mamá y papá. Mira. Tú no puedes ir. Tienes que quedarte aquí. Sin ti, Fonny se volvería loco. Y no sé cómo podría arreglármelas para ir yo. Tengo que seguir aquí, metiéndole caña a Hayward para que se mueva. Y está claro que un hombre no puede ir. Papá no puede, y sabe Dios que Frank menos aún. La única que queda es... mamá.

–¿Mamá?

–Sí.

–Ella no quiere ir a Puerto Rico.

–Es cierto. Y además odia los aviones. Pero quiere sacar al padre de tu hijo de la cárcel. Pues claro que no quiere ir a Puerto Rico. Pero irá.

–¿Y qué crees que puede hacer ella?

–Puede hacer algo que nunca haría un investigador especial: conmover a la señora Rogers. Quizá no lo consiga... pero si lo logra, las cosas mejorarán bastante para nosotros. Y si no... bueno, tampoco habremos perdido nada, y al menos nos quedará el consuelo de haberlo intentado.

La miro la frente. Asiento.

–¿Y qué hay de Daniel?

–Ya te lo he dicho. Hayward lo verá mañana. Quizá hasta puede que lo haya visto hoy. Nos lo confirmará esta noche.

Me reclino en el asiento.

–Menuda mierda todo esto.

–Sí. Pero estamos metidos en ella.

Después guardamos silencio. De pronto me doy cuenta de lo ruidoso que es el bar. Y miro a mi alrededor. En verdad es un lugar espantoso, y pienso que la gente que hay en este sitio solo puede suponer que Ernestine y yo somos dos putas cansadas, o una pareja de lesbianas, o ambas cosas. Bueno. Estamos metidos en esta mierda, y las cosas pueden empeorar. Sí, pueden empeorar... Y súbitamente algo casi tan difícil de percibir como un susurro en un lugar atestado, algo tan leve y definido como una telaraña, me golpea bajo las costillas, dejando pasmado de asombro mi corazón. Sí, las cosas pueden empeorar. Pero mi hijo, que por primera vez se mueve en su increíble velo de agua, anuncia su presencia y me reclama; me dice, en ese instante, que si las cosas pueden empeorar también pueden mejorar; y que lo que puede mejorar también puede empeorar. Mientras tanto, y para siempre, él depende enteramente de mí. No puede venir a este mundo sin mí. Y aunque quizá, en cierto sentido, yo lo haya sabido hace apenas un instante, ahora es mi hijo el que lo sabe, y me dice que es cierto que las cosas pueden empeorar, pero que una vez que abandone esa agua, lo que puede empeorar también puede mejorar. Todavía permanecerá algún tiempo en el agua: pero está preparándose para una transformación. Y yo debo hacer lo mismo.

–Está bien –dije–. No tengo miedo.

Ernestine sonrió.

–Pues adelante.

Después nos enteramos de que Joseph y Frank también han estado sentados en un bar, y esto es lo que ocurrió entre ellos:

Joseph le lleva cierta ventaja a Frank –aunque solo ahora empieza a advertirlo o, más bien, a sospecharlo–, porque no tiene ningún hijo varón. Siempre quiso tenerlo; eso resultó más difícil para Ernestine que para mí, ya que, para cuando yo nací, él ya se había resignado. Si hubiera tenido hijos varones, ahora podrían estar muertos, o en la cárcel. Y los dos saben, mientras se miran el uno al otro en el reservado de un bar de Lenox Avenue, que es un milagro que las hijas de Joseph no estén haciendo la calle. Ambos saben mucho más que lo que desearían saber, y ciertamente mucho más de lo que se atreven a decir, acerca de los desastres que han abrumado a las mujeres en casa de Frank.

Y Frank baja los ojos, apretando con fuerza el vaso entre sus manos: él tiene un hijo varón. Y Joseph bebe su cerveza y lo mira. Ese hijo también es su hijo ahora, y eso convierte a Frank en su hermano.

Los dos son hombres maduros, ya andan cerca de los cincuenta, y ambos sufren una terrible aflicción.

Pero ninguno de los dos lo demuestra. Joseph es mucho más oscuro que Frank, con unos ojos negros, hundidos, de párpados pesados, con una frente amplia, serena, imponente, en la que late una vena en el lado izquierdo, una frente tan alta que hace pensar en catedrales. Siempre tiene los labios un poco torcidos. Solo quienes lo conocen –solo quienes lo quieren– saben que esa mueca expresa risa, amor o furia. La clave está en la vena que late en la frente. Los labios cambian muy poco, los ojos cambian sin cesar; y cuando Joseph está contento, cuando ríe, algo absolutamente milagroso ocurre. En esos momentos, y aunque ya se le está poniendo el pelo canoso, les juro que parece un chaval de trece años. Una vez pensé «Me alegro mucho de no haberlo conocido cuando era joven», y enseguida me dije «Pero si eres su hija», y entonces caí en un silencio paralizado, pensando: «Vaya».

Frank es más liviano, más delgado. No creo que pudieran describir a mi padre como guapo; pero sin duda a Frank podrían llamarlo así. No quiero menospreciar a Frank al decir esto, pero su cara ha pagado, y sigue pagando, un precio terrible. La gente nos hace pagar por nuestro aspecto, que es también el aspecto que creemos tener, y lo que el tiempo escribe en un rostro humano es el registro de esa colisión. Frank ha sobrevivido a ella, a duras penas. Tiene la frente surcada de arrugas como la palma de una mano: ilegible. El pelo gris es muy espeso y se encrespa violentamente hacia arriba a partir del pico de viuda. No tiene los labios tan gruesos como los de Joseph y no se le tuercen como los de él: los mantiene siempre apretados, como si quisiera borrarlos de su cara. Los pómulos son pronunciados y los grandes ojos oscuros se inclinan ligeramente hacia arriba, como los de Fonny: Fonny tiene los ojos de su padre.

Evidentemente, Joseph no percibe este rasgo que su hija conoce tan bien. Pero observa a Frank en silencio y lo obliga a levantar la mirada.

–¿Qué vamos a hacer? –pregunta Frank.

–Bueno, lo primero es dejar de culparnos unos a otros –contesta Joseph con determinación–. Y dejar de culparnos a nosotros mismos. Si no lo conseguimos, tío, nunca sacaremos al chico de la cárcel, porque nosotros mismos estaremos cada vez más jodidos. Y ahora no podemos fastidiarlo todo de esa manera, y sé que entenderás lo que te estoy diciendo.

–Ya, tío, pero –pregunta Frank con su sonrisita–, ¿cómo resolveremos lo del dinero?

–¿Alguna vez has tenido dinero? –replica Joseph.

Frank lo mira y no dice nada; se limita a interrogarlo con los ojos.

–¿Alguna vez has tenido dinero? –pregunta de nuevo Joseph.

–No –responde al fin Frank.

–Entonces ¿por qué te preocupas ahora?

Frank vuelve a mirarlo.

–Te las arreglaste para criar a tus hijos, ¿no es cierto? Te las arreglaste para darles de comer. Si ahora empezamos a preocuparnos por el dinero, tío, estaremos jodidos y perderemos a nuestros hijos. Los blancos, y ojalá se les sequen las pelotas y se les pudra el culo, los blancos quieren que nos preocupemos por el dinero. En eso consiste todo su juego. Pero si hemos llegado hasta aquí sin dinero, podemos seguir adelante. A mí no me preocupa la pasta, y ellos tampoco tienen ningún derecho a ella, porque nos la roban a nosotros. Nunca han conocido a nadie a quien no le mientan ni le roben. Pues bien, yo también puedo robar. ¿Cómo crees que pude criar a mis hijas? ¡Carajo!

Pero Frank no es Joseph. Vuelve a bajar los ojos hacia su bebida.

–¿Qué crees que va a pasar?

–Lo que nosotros hagamos que pase –contesta Joseph, siempre con la misma determinación.

–Eso es fácil de decir.

–No, si te lo propones de veras.

Se produce un largo silencio. Ninguno de los dos habla. Hasta la gramola se queda callada. Por fin Frank dice:

–Creo que quiero a Fonny más que a nadie en el mundo. Y todo esto me desespera, te lo juro, porque Fonny era un chico estupendo, dulce y noble, que no le tenía miedo a nada... salvo, quizá, a su madre. No entendía a su madre. –Hace una pausa–. No sé qué es lo que debería haber hecho yo. No soy una mujer. Y hay cosas que solo una mujer puede hacer con un niño. Y pienso que ella lo quería... como supongo que, en una época, yo también pensaba que me quería. –Trata de sonreír y toma un trago–. No sé si he sido un padre para él, un padre de verdad... Y ahora Fonny está en la cárcel sin haber hecho nada malo, y ni siquiera sé qué hacer para sacarlo de allí. Soy un desastre de hombre.

–Bueno –dice Joseph–, estoy seguro de que Fonny te considera un padre de verdad. Te quiere y te respeta, y no olvides que yo puedo saber eso mucho mejor que tú. Y te diré algo más: tu hijo es el padre del hijo de mi hija. Así que ¿piensas quedarte ahí sentado y comportarte como si no se pudiera hacer nada? Fonny y mi hija esperan un hijo. ¿Quieres que te dé unas cuantas hostias para espabilarte? –Lo dice con ferocidad, pero un instante después sonríe–. Lo sé. Lo sé –repite ahora con más suavidad–. Pero conozco algunas artimañas, y tú también conoces algunas, y ellos son nuestros hijos, y tenemos que sacarlos del lío en que están. –Apura su cerveza–. Así que bebamos, tío, y pongámonos en marcha. Tenemos un montón de cosas que hacer y hay que hacerlas cuanto antes.

Frank se termina su bebida y endereza los hombros.

–Tienes razón, viejo amigo. Vamos allá.

La fecha del juicio de Fonny cambia una y otra vez. Ese hecho, paradójicamente, me obliga a reconocer que Hayward se preocupa de veras por el caso. No creo que al principio le interesara mucho. Nunca antes se había encargado de un caso como el de Fonny, y fue Ernestine, llevada en parte por la experiencia pero sobre todo por el instinto, quien lo metió a la fuerza en él. Pero, una vez dentro, el olor a mierda era cada vez mayor, y Hayward no tuvo más remedio que removerla. No tardó en quedar patente, por ejemplo, que el grado de su interés por su cliente –o simplemente el hecho de mostrar algún interés por él– lo enfrentaba directamente con las más altas instancias, con los guardianes de las llaves y los sellos. No se había esperado eso, y al principio se quedó perplejo, después se asustó, después se enfureció. Enseguida comprendió que estaba entre la espada y la pared: no sabía cómo evitar la espada, pero tenía la certeza de que si se quedaba contra la pared estaba perdido. Eso produjo el efecto de aislarlo, de marcarlo, pero a medida que la situación de Fonny se volvía más desesperada, aumentaba también el grado de responsabilidad de Hayward. No ayudó mucho que yo desconfiara de él, que Ernestine lo arengara, que mamá se mostrara lacónica, y que para Joseph no fuera más que otro de tantos blanquitos con título universitario.

Aunque, naturalmente, al principio desconfié de él, no soy lo que se llamaría una persona desconfiada; y a medida que pasaba el tiempo y cada uno de nosotros procuraba ocultar su terror a los demás, empezamos a depender cada vez más los unos de los otros: no teníamos alternativa. Y a medida que pasaba el tiempo fui dándome cuenta de que, para Hayward, aquella era una batalla cada vez más personal, que no le depararía gratitud ni prestigio. Era un caso sórdido, trivial: un chico negro había violado a una puertorriqueña ignorante. ¿Qué tenía eso de extraordinario? Sus colegas se burlaban de él, lo evitaban. Eso acarreaba otros peligros, y el de refugiarse en la autocompasión o el quijotismo no era el más insignificante. Pero Fonny era una presencia demasiado real, y Hayward un hombre demasiado orgulloso para caer en eso.

Sin embargo, el calendario judicial estaba lleno –llevaría unos mil años enjuiciar a toda la gente que está en las cárceles del país, pero los estadounidenses son optimistas y aún confían en el tiempo–, y los jueces comprensivos o siquiera inteligentes son tan raros como las tormentas de nieve en el trópico. Y había que contar con el poder obsceno y la feroz enemistad de la oficina del fiscal. De manera que Hayward, caminando sobre la cuerda floja, maniobró con toda la habilidad de que era capaz para llevar a Fonny ante un juez que examinara su caso como era debido. Para eso Hayward necesitaba encanto personal, paciencia, dinero y un espinazo de acero templado.

Se las arregló para ver a Daniel, al que habían propinado una buena paliza. Pero no pudo conseguir que lo soltaran, porque había sido acusado de posesión de drogas. Y como Hayward no era el abogado de Daniel, tampoco podía visitarlo regularmente. Se lo sugirió al chico, pero este se mostró evasivo y temeroso. Hayward sospechaba que lo habían drogado, y por eso no sabía si llevar o no a Daniel al juicio como testigo.

Así están las cosas. Mamá está empezando a agrandarme la ropa, y voy al trabajo vestida con chaquetas y pantalones. Pero es evidente que no podré seguir trabajando mucho tiempo más: tengo que arreglármelas para visitar a Fonny con la mayor frecuencia posible. Joseph hace horas extra en su trabajo, al igual que Frank; Ernestine debe dedicar menos tiempo a sus niños porque ahora trabaja, además, como secretaria privada de una joven actriz muy excéntrica y rica, a cuyos contactos se propone intimidar y utilizar. Joseph roba de manera fría y sistemática en los muelles, y Frank se agencia toda la ropa que puede, y ambos venden los artículos robados en Harlem o en Brooklyn. No nos lo dicen, pero lo sabemos. No nos lo dicen porque, si la cosa sale a la luz, podrían acusarnos de complicidad. No podemos penetrar en su silencio, no debemos intentarlo. Cada uno de esos hombres iría gustosamente a la cárcel, machacaría a un poli corrupto o incluso haría volar una ciudad con tal de salvar a su progenie de las fauces de este infierno democrático.

Ahora Sharon tiene que prepararse para su viaje a Puerto Rico, y Hayward le da instrucciones:

–La señora Rogers no está exactamente en Santurce, sino un poco más allá, en lo que en otras épocas llamábamos un suburbio, pero que ahora es algo mucho peor que un barrio de chabolas. Creo que allí lo llaman favelas. Estuve en Puerto Rico una sola vez, así que no intentaré describir esas barriadas. Y estoy seguro de que cuando tú vuelvas, tampoco intentarás describirlas.

Hayward la mira, a la vez distante e intenso, y le entrega una hoja de papel mecanografiada.

–Esta es la dirección. Creo que en cuanto llegues allá te darás cuenta de que la palabra «dirección» casi no significa nada. Sería más exacto decir: este es el vecindario.

Sharon, que lleva su boina blanda de color beige, mira el papel.

–No hay teléfono –prosigue Hayward–. Y, de todos modos, el teléfono no te serviría de nada. Sería lo mismo que lanzar bengalas. Pero no es difícil encontrar el sitio. Guíate por tu propio olfato.

Ambos se miran.

–Para facilitarte las cosas –dice Hayward con una sonrisa consternada–, debo decirte que no estamos demasiado seguros del nombre que habrá adoptado allá esa mujer. Su apellido de soltera es Sánchez, pero eso es un poco como buscar aquí a alguien que se llame Jones o Smith. Su apellido de casada es Rogers, pero estoy seguro de que solo aparece así en su pasaporte. El hombre que ahora vive con ella –se detiene, consulta otra hoja de papel y después nos mira a Sharon y a mí– es Pietro Thomasino Álvarez.

Le tiende a Sharon esta hoja de papel, y, una vez más, ella lo examina.

–Y llévate también esto –añade Hayward–. Espero que te sirva de algo. Este es su aspecto actual. Se la tomaron la semana pasada.

Entrega a Sharon una fotografía, apenas mayor que la de un pasaporte.

Nunca he visto a esa mujer. Me pongo de pie para mirarla por encima del hombro de Sharon. Es rubia… pero ¿es que los puertorriqueños son rubios? Sonríe a la cámara con una sonrisa estreñida; aun así, hay vida en sus ojos. Los ojos y las cejas son oscuros, y los hombros morenos están desnudos.

–¿Es de un nightclub? –pregunta Sharon.

–Sí –contesta Hayward.

Los dos se miran.

–¿Trabaja allí? –pregunta Sharon.

–No –dice Hayward–. Es Pietro quien trabaja.

Sigo examinando, por encima del hombro de mi madre, la cara de mi peor enemiga.

Mamá da la vuelta a la fotografía y la deja en su regazo.

–¿Cuántos años tiene Pedro?

–Unos... veintidós –dice Hayward.

Y justo como dice la canción de góspel –«¡Dios se alzó! ¡En un vendaval! ¡Y perturbó la mente de todos!»–, cae un hondo silencio en el despacho. Mamá se inclina hacia delante, pensativa.

–Veintidós –dice, lentamente.

–Sí –dice Hayward–. Me temo que este detalle nos obligará a cambiar una vez más de táctica.

–¿Qué quieres que haga yo exactamente? –dice Sharon.

–Quiero que me ayudes –contesta Hayward.

–Bueno –dice Sharon al cabo de un momento; abre su bolso, después el monedero, guarda en él cuidadosamente los papeles, cierra el monedero, lo hunde en las profundidades del bolso y lo cierra–. Entonces saldré mañana. No sé todavía a qué hora. Te llamaré, o pediré a alguien que te llame, antes de irme. Para que sepas dónde estoy.

Y se pone de pie, y Hayward se pone de pie, y los tres vamos hacia la puerta.

–¿No llevas una foto de Fonny contigo? –pregunta Hayward.

–Yo tengo una –digo.

Abro el bolso y busco mi monedero. De hecho, tengo dos fotografías. En una estamos Fonny y yo, apoyados contra la verja de la casa en Bank Street. Tiene la camisa abierta hasta el ombligo, un brazo echado sobre mis hombros, y los dos nos reímos. En la otra aparece Fonny solo, sentado en el cuarto cerca del tocadiscos, con expresión adusta y serena; es mi foto favorita de él.

Mamá toma las fotografías y se las entrega a Hayward, que las examina. Después se las devuelve a Sharon.

–¿Son las únicas que tienes? –me pregunta.

–Sí –digo.

Sharon me da la fotografía en la que Fonny está solo. Guarda la otra en la que estamos los dos en su monedero, que vuelve a hundirse en el fondo de su bolso.

–Esta servirá –dice–. Después de todo, es mi hija, y a ella no la han violado.

Hayward y ella se dan la mano.

–Cruza los dedos, y esperemos que esta vieja no vuelva a casa con las manos vacías –dice mi madre.

Se vuelve hacia la puerta. Pero Hayward la detiene.

–El hecho de que tú vayas a Puerto Rico me hace sentirme mucho mejor de lo que me he sentido en semanas. Pero también debo decirte que la oficina del fiscal está en contacto permanente con la familia Hunt, es decir, con la madre y las dos hermanas, y, según parece, su posición es que Fonny siempre ha sido un muchacho incorregible, un inútil.

Hace una pausa y nos mira fijamente a mamá y a mí.

–Si el Estado consigue que tres respetables mujeres negras declaren, o testifiquen, que su hijo y hermano ha sido siempre un elemento peligroso y antisocial, el golpe será muy duro para nosotros.

Vuelve a detenerse y se gira hacia la ventana.

–A decir verdad, Galileo Santini no es ningún imbécil: sería mucho más eficaz para él no citarlas como testigos, porque no podría interrogarlas a fondo. Lo único que necesita es hacer saber al jurado que esas mujeres tan respetables y devotas están abrumadas por la vergüenza y el dolor. Y el padre también puede descartarse por ser un bebedor, otro inútil, un ejemplo terrible para su hijo... sobre todo teniendo en cuenta que ha amenazado públicamente con volarle la tapa de los sesos a Santini.

Se gira desde la ventana para observarnos atentamente.

–Creo que voy a citaros a ti, Sharon, y al señor Rivers para que declaréis acerca del comportamiento de Fonny. Pero ya os he explicado todo lo que hay en nuestra contra.

–Siempre es mejor saber que no saber –dice Sharon.

Hayward palmea suavemente el hombro de Sharon.

–Así que procura no volver a casa con las manos vacías...

Y pienso para mí: «Ya me encargaré yo de la madre y de las hermanas». Pero me limito a decir:

–Gracias, Hayward. Adiós.

Y Sharon dice:

–De acuerdo. Lo he entendido. Adiós.

Y nos marchamos por el pasillo hacia el ascensor.

Recuerdo la noche en que concebimos a nuestro hijo, porque fue la noche en que por fin encontramos nuestro loft. Aquel tipo estaba de veras dispuesto a alquilárnoslo. Se llamaba Levy y no era uno de esos asquerosos de mierda. Era del Bronx, de piel aceitunada, pelo rizado y expresión alegre. Andaría por los treinta y tres años, tenía grandes ojos negros, de brillo casi eléctrico, y nos caló enseguida. Entendía a la gente que se quiere. El loft estaba en Canal Street, era muy grande y estaba en condiciones bastante buenas. Tenía dos grandes ventanas que daban a la calle, y otras dos en la parte de atrás que se abrían a una azotea, protegida por una baranda. Había espacio para que Fonny trabajara y, con las ventanas abiertas, allí nadie se moriría de calor en el verano. Estábamos entusiasmados con la azotea, porque podríamos cenar en ella, o tomar unas copas, o simplemente sentarnos por las noches, si se nos antojaba, abrazados muy juntitos. «Hasta podéis sacar las mantas y dormir ahí –dijo Levy. Sonrió a Fonny–. Y también hacer hijos. Así es como yo vine a este mundo.» Lo que más recuerdo de él es que nos hizo sentirnos muy cómodos. Los tres nos reímos juntos. «Vosotros dos tendríais unos hijos muy guapos –dijo–. Y escuchadme bien, chicos: en este mundo de mierda hacen mucha falta.»

Nos pidió solo un mes de depósito, y a la semana siguiente le llevé el dinero. Más adelante, cuando empezaron los problemas para Fonny, Levy hizo algo muy extraño y, a mi parecer, muy hermoso. Me llamó y me dijo que podía devolverme el dinero cuando yo quisiera. Pero que nos reservaría el loft y no lo alquilaría a nadie más que a nosotros. «No puedo hacerlo –dijo–. Esos hijos de puta... El loft permanecerá vacío hasta que tu hombre salga de la cárcel. Y no estoy hablando por hablar, cielo.» Me dio su número de teléfono y me pidió por favor que le dijera si podía hacer algo por nosotros. «Quiero que tengáis a vuestros hijos. Con eso me contento.»

Levy nos explicó y nos enseñó la estructura un tanto complicada de los cerrojos y las llaves. Nuestro loft estaba en el último piso del bloque, después del tercero o el cuarto. La escalera era muy empinada. Había un juego de llaves para nuestro loft, que tenía cerraduras dobles. Además había una puerta, al final de la escalera, que nos aislaba del resto del edificio.

–¿Y qué hacemos en caso de incendio? –preguntó Fonny.

–Ah, se me olvidaba –dijo Levy.

Abrió de nuevo las puertas y entramos en el loft. Nos llevó hasta el borde de la azotea, donde estaba la baranda. En el extremo de la derecha, la baranda se abría a una estrecha pasarela. Por allí se llegaba a una escalera de hierro que bajaba hasta el patio interior. Una vez en el patio, que parecía cerrado por muros, uno podía preguntarse qué diablos hacer: aquello era una especie de trampa. Sin embargo, te evitaba tener que saltar del edificio en llamas. Una vez en el suelo, te quedaba la esperanza de no morir aplastado por el derrumbe de las paredes devoradas por el fuego.

–Bueno, ya… –dijo Fonny, sujetándome suavemente por un codo y conduciéndome de vuelta a la azotea–, no parece muy seguro.

Repetimos el ritual de cerrar las puertas con llave y bajamos por la escalera.

–No os preocupéis por los vecinos –dijo Levy–, porque después de las cinco o las seis de la tarde ya no queda nadie en el edificio. Todo lo que habrá entre vosotros y la calle serán unos cuantos talleres sórdidos.

Al llegar a la planta baja, nos enseñó a abrir y cerrar la puerta de la entrada.

–¿Ya lo tienes? –preguntó a Fonny.

–Ya lo tengo –dijo él.

–Pues vamos. Os invito a un batido.

Y tomamos tres batidos en la esquina, y Levy nos estrechó las manos y se despidió diciendo que tenía que irse a casa con su mujer y sus hijos: dos niños, uno de dos años y otro de tres años y medio. Pero, antes de irse, nos advirtió:

–Ya os he dicho que no os preocuparais por los vecinos. Pero mucho cuidado con los policías. Son lo peor...

Una de las cosas más terribles, más misteriosas de la vida, es que solo tomamos en cuenta las advertencias en retrospectiva: demasiado tarde.

Levy se marchó y Fonny y yo caminamos, cogidos de la mano, por las anchas y abarrotadas calles iluminadas hacia el Village, hacia nuestro cuarto. Charlamos y charlamos, y reímos y reímos. Cruzamos Houston y tomamos por la Sexta Avenida –¡la Avenida de las Américas!–, con todas aquellas putas banderas que nosotros ni siquiera vimos. Yo quería parar en uno de los mercados de Bleecker Street para comprar tomates. Cruzamos la Avenida de las Américas y nos dirigimos hacia el oeste por Bleecker. Fonny me llevaba cogida por la cintura. Nos paramos en el puesto callejero de una verdulería. Me puse a mirar.

Fonny detesta hacer compras.

–Espérame un minuto aquí –dijo–. Voy a comprar cigarrillos.

Y siguió por la misma calle y dobló la esquina.

Empecé a elegir los tomates; recuerdo que canturreaba en voz baja. Miré a mi alrededor en busca de la balanza y del hombre o la mujer que me pesaría los tomates y me diría cuánto le debía.

Fonny tiene razón cuando dice que no tengo muchas luces. Cuando sentí aquella mano en mi trasero, pensé que sería Fonny; después me di cuenta de que Fonny jamás me tocaría de aquel modo en público.

Me volví, con los seis tomates en las dos manos, y me encontré frente a un joven macarrilla italiano, bajito y grasiento.

–Me gustan los tomatitos que comen tomatitos... –dijo, se lamió los labios y sonrió.

Dos cosas se me ocurrieron a la vez, todo al mismo tiempo... no, tres. Estaba en una calle abarrotada de gente. Sabía que Fonny regresaría en cualquier momento. Tenía ganas de aplastar los tomates en la cara de aquel tipo. Pero nadie había reparado todavía en nosotros, y no quería enredar a Fonny en una pelea. Vi a un policía blanco acercándose despacio por la calle.

Comprendí que yo era negra y que aquella calle abarrotada era blanca, de modo que me di la vuelta y entré en la verdulería con los tomates en la mano. Encontré una balanza, puse los tomates en ella y miré a mi alrededor buscando a alguien que me los pesara para poder pagar e irme antes de que Fonny apareciera por la esquina. El policía había cruzado a la acera de enfrente, y el tipo me había seguido al interior de la tienda.

–Eh, tomatito... Tú sabes que me gustan los tomatitos...

Ahora la gente sí que nos miraba. No sabía qué hacer: lo único sensato era largarse antes de que Fonny girara la esquina. Quise apartarme, pero el tipo me cerró el paso. Miré a mi alrededor en busca de ayuda: la gente nos miraba, pero nadie movió un dedo. Desesperada, decidí llamar al policía. Pero en cuanto me moví, el chico me agarró de un brazo. Seguramente no era más que un pobre yonqui, pero cuando me cogió del brazo le di un bofetón y le escupí en la cara; y, en ese preciso instante, Fonny entró en la verdulería.

Fonny agarró al muchacho por el pelo, le golpeó y lo tiró al suelo, lo levantó y lo pateó en las pelotas, lo arrastró a la acera y volvió a derribarlo de un puñetazo. Grité y traté de retener a Fonny con todas mis fuerzas, porque vi que el policía, que ya había llegado a la otra esquina, ahora cruzaba la calle corriendo; y el chico blanco estaba tirado junto al bordillo, sangrando y vomitando. Estaba segura de que el policía intentaría matar a Fonny, pero no podría matarlo si yo me interponía entre ambos; y con todas mis fuerzas, con todo mi amor y mis ruegos, y armada con la certeza de que Fonny no me derribaría a mí al suelo, me planté de espaldas a él, apoyé la nuca contra su pecho, lo agarré por ambas muñecas y miré al policía a la cara.

–Ese hombre que está ahí se ha propasado conmigo... En esa tienda. Hace solo un momento. Todos lo han visto.

Nadie dijo una sola palabra.

El policía los miró a todos. Después volvió a mirarme. Luego miró a Fonny. Yo no podía ver la cara de Fonny. Pero veía la cara del policía: sabía que no debía moverme, y que debía hacer todo lo posible para impedir que Fonny se moviera.

–¿Y dónde estaba usted –preguntó el policía con parsimonia– mientras todo eso –sus ojos me recorrieron exactamente como lo habían hecho los del italiano– ocurría entre este jovencito y –sus ojos volvieron a escrutarme– su chica?

–Había ido a la vuelta de la esquina a comprar cigarrillos –dije, porque no quería que Fonny hablara.

Esperaba que me perdonara cuando todo hubiera pasado.

–¿Es cierto eso, muchacho?

–No es un muchacho, agente –dije.

Entonces me miró, por primera vez me miró de verdad, y, por tanto, miró de verdad a Fonny.

Mientras tanto, algunas personas habían ayudado al muchacho a ponerse en pie.

–¿Vives por aquí? –le preguntó el policía a Fonny.

Yo seguía con la cabeza apoyada en su pecho, pero él se había soltado las muñecas de mis manos.

–Sí –dijo Fonny–. En Bank Street.

Y le dio la dirección.

Sabía que, en cualquier momento, me apartaría de delante.

–Va a tener que acompañarme, joven –dijo el policía–, por agresión.

No sé qué habría sido de nosotros si en ese momento la italiana dueña de la verdulería no se hubiera decidido a hablar.

–Oh, no –dijo–. Conozco a estos muchachos. Compran aquí a menudo. Lo que la señorita le ha dicho es la verdad.

Los he visto cuando han llegado, y cómo ella elegía los tomates y él le decía que se iba un momento y volvería enseguida. Yo estaba ocupada y no pude atenderla de inmediato. Los tomates están todavía en la balanza. Y ese mierdecilla inútil se propasó con ella. Y recibió exactamente lo que se merecía. ¿Qué haría usted si un hombre se metiera con su mujer? Si es que tiene mujer… –La multitud sonrió burlona, y el policía enrojeció–. He visto exactamente lo que ha ocurrido. Soy testigo. Y estoy dispuesta a jurarlo.

El policía y la mujer se miraron.

–Curiosa manera de llevar un negocio –dijo él, y se pasó la lengua por el labio inferior.

–Usted no tiene por qué decirme a mí cómo tengo que llevar mi negocio –replicó la mujer–. Estaba en esta calle antes de que usted llegara y seguiré aquí después de que usted se haya ido. Llévese a ese sinvergüenza de aquí –agregó, señalando al muchacho, que ahora estaba sentado en el bordillo rodeado por algunos de sus colegas–, o tírelo al río, porque no sirve para nada. Pero no intente asustarme a mí… ¡basta!

Por primera vez, me fijo en que los ojos de Bell son azules y de que es pelirrojo.

Vuelve a mirarme, vuelve a mirar a Fonny.

Se relame de nuevo los labios.

La italiana entra en la tienda, coge mis tomates de la balanza y los pone en una bolsa de papel.

–Bueno –dice Bell mirando fijamente a Fonny–, ya nos veremos por aquí.

–Puede que sí –responde Fonny–, o también puede que no.

–No volverán a verse –dice la italiana al policía tras salir de nuevo a la calle–, si ellos o yo le vemos primero.

Me hace volverme y me pone la bolsa con los tomates en las manos. Está plantada entre Bell y yo. Me mira a los ojos y dice:

–Tu novio es un buen hombre. Llévatelo a casa. Lejos de estos cerdos inmundos.

La miro. Ella me toca la cara.

–Llevo ya mucho tiempo en este país –dice–. Espero no morirme aquí.

Y vuelve a entrar en su tienda. Fonny me coge la bolsa y la sostiene en el pliegue del codo; su otro brazo se enlaza con el mío, sus dedos se entrelazan con los míos. Nos alejamos caminando despacio, rumbo a nuestro cuarto.

–Tish –dice Fonny en voz muy baja, con una serenidad tremenda.

Estoy casi segura de lo que va a decirme.

–¿Sí?

–Nunca más intentes protegerme. No vuelvas a hacerlo nunca más.

Sé que voy a decir lo que no debería:

–Pero tú intentabas protegerme a mí.

–No es lo mismo, Tish –responde con la misma serenidad aterradora.

Y de repente coge la bolsa de los tomates y la arroja contra la pared más cercana. Gracias a Dios es una pared sin ventanas, gracias a Dios está empezando a oscurecer. Y gracias a Dios los tomates revientan sin hacer ruido.

Entiendo a qué se refiere Fonny. Sé que tiene razón. Sé que no debo decir nada. Gracias a Dios, no me suelta la mano. Miro al suelo, a la acera que no puedo ver. Espero que no oiga mis lágrimas.

Pero las oye.

Se detiene, me hace volverme hacia él, y me besa. Se aparta, me mira, y vuelve a besarme.

–No pienses que no sé que me quieres. ¿Crees que lo conseguiremos, que lo nuestro irá bien?

Entonces me calmo. Hay lágrimas en su cara, suyas o mías, no lo sé. Lo beso por donde corren esas lágrimas nuestras. Empiezo a decir algo. Él me pone un dedo sobre los labios. Sonríe con su sonrisita de siempre.

–Chsss... No digas nada. Voy a llevarte a cenar. A nuestro restaurante español, ¿recuerdas? Solo que esta vez tendrán que fiarme.

Y sonríe, y sonrío, y seguimos caminando.

–No tenemos dinero –le dice Fonny a Pedrito cuando entramos en el restaurante–, pero tenemos mucha hambre. Van a darme un dinerito en un par de días y…

–En un par de días… –dice Pedrito, enfurecido–. ¡Eso es lo que todos dicen! Y, además, supongo que querréis comer sentados –agrega, llevándose una mano incrédula a la frente.

–Desde luego –contesta Fonny, sonriendo–. Si puedes arreglarlo, estaría muy bien de tu parte.

–Y encima querréis sentaros a una mesa…

Mira a Fonny como si no pudiera dar crédito a sus ojos.

–Bueno… me gustaría… Sí, una mesa…

–¡Ah! –Pero entonces–: Buenas noches, señorita –dice Pedrito, sonriéndome–. Si lo hago, es por ella –informa a Fonny–. Está claro que no la alimentas como es debido. –Nos lleva hasta una mesa y nos hace sentar–. Y ahora, sin duda –frunce el ceño–, querréis tomar dos margaritas…

–De nuevo me has adivinado el pensamiento –dice Fonny, y él y Pedrito se echan a reír y Pedrito desaparece.

Fonny me toma una mano entre las suyas.

–Hola –dice.

–Hola –digo.

–No quiero que te sientas mal por lo que te he dicho antes. Eres una chica estupenda y muy valiente. Si no hubiera sido por ti, ahora mis sesos estarían desparramados por todo el calabozo de la comisaría.

Hace una pausa y enciende un cigarrillo. Yo lo observo.

–No quise decir que hubieras hecho algo malo. Creo que hiciste lo único que podías hacer. Pero tienes que entender mi reacción.

Vuelve a tomar mi mano entre las suyas.

–Vivimos en un país de cerdos y de asesinos. Tengo miedo cada vez que estás fuera de mi vista. Y quizá lo que ha ocurrido haya sido culpa mía, porque no debí dejarte sola en ese puesto de verduras. Pero me sentía tan feliz por… ya sabes, por lo del loft… Y no se me ocurrió que…

–Fonny, he ido a esa tienda cientos de veces y nunca me había ocurrido nada así. Tengo que cuidar de ti… de nosotros. No puedes acompañarme siempre a todas partes. ¿Cómo se te ocurre decir que ha sido culpa tuya? Ese tipo no era más que un yonqui hecho polvo…

–Un americano blanco hecho polvo –dice Fonny.

–Vale. Pero aun así la culpa no es tuya.

Fonny sonríe.

–Nos tienen pillados por todas partes, nena. Por duro que sea, quiero que tengas muy presente que esa gente puede separarnos cuando se les antoje montándome alguna encerrona y metiéndome en algún lío. O pueden separarnos obligándote a ti a que trates de protegerme. ¿Comprendes lo que te digo?

–Sí –dije al fin–. Comprendo. Y ahora sé que es cierto.

Pedrito vuelve con nuestros margaritas.

–Esta noche tenemos un plato especial –anuncia–, muy, muy español. Y se lo damos a probar a todos aquellos clientes que creen que Franco es un gran hombre. –Mira a Fonny inquisitivamente–. Creo que no es tu caso… así que le quitaré el arsénico cuando te lo sirva. Sin el arsénico sabe un poco menos fuerte, pero aun así está muy bueno. Creo que te gustará. ¿Confías en que no te envenenaré? De todos modos, sería una estupidez por mi parte envenenarte antes de hacerte pagar una cuenta tremenda. Iríamos directamente a la bancarrota. –Se vuelve hacia mí–. ¿Confía en mí, señorita? Le aseguro que lo preparamos con mucho amor.

–¡Mucho cuidado, Pete! –dice Fonny.

–Tu mente es como una cloaca –dice Pedrito–. No te mereces tener una chica tan bonita.

Y vuelve a desaparecer.

–Ese policía… –dice Fonny–. Ese policía…

–¿Qué pasa con ese policía?

Pero de repente, y sin saber bien por qué, me quedo tan rígida y fría como una piedra: por el miedo.

–Hará todo lo posible por trincarme.

–¿Cómo? No has hecho nada malo. La mujer italiana ya lo ha dicho, y también que estaba dispuesta a jurarlo.

–Por eso mismo ese policía tratará de trincarme –dice Fonny–. A los blancos no les gusta nada que una mujer blanca les diga: «Vosotros sois una panda de hijos de puta y el chico negro tiene razón y a mí me podéis besar el culo». –Sonríe–. Porque eso fue lo que le dijo la italiana. Delante de un montón de gente. Y el tipo no pudo ni chistar. Y nunca lo va a olvidar.

–Bueno –digo–, pronto nos mudaremos al centro, a nuestro loft.

–Tienes razón –dice Fonny, y vuelve a sonreír.

Llega Pedrito con el plato especial.

Cuando dos personas se quieren, cuando se quieren de veras, todo lo que ocurre entre ellas adquiere cierto aire sacramental. A veces se ven obligados a alejarse uno del otro: no conozco peor tormento, no conozco un vacío que retumbe más, que el que se produce cuando tu amante está lejos. Pero esa noche, después de haber visto amenazada nuestra unión de manera tan misteriosa, después de ver desde muy cerca esa amenaza, aunque cada uno desde ángulos diferentes, nos sentíamos más juntos que nunca. «Debéis cuidar el uno del otro –había dicho Joseph–. Ya descubriréis que eso es mucho más que una simple frase.»

Después de la cena y del café, Pedrito nos ofreció coñac y nos dejó solos en el restaurante ya casi vacío. Fonny y yo nos quedamos sentados, bebiendo nuestro licor, cogidos de las manos, entregados profundamente el uno al otro. Cuando acabamos el coñac, Fonny dijo:

–¿Nos vamos?

–Sí –dije, porque tenía ganas de estar a solas con él, en sus brazos.

Firmó la cuenta. La última cuenta que firmaría en ese lugar. Nunca me han dejado pagarla: dicen que se les ha traspapelado.

Nos despedimos y caminamos hasta casa, abrazados.

Había un coche de policía estacionado en la acera de enfrente de nuestro bloque. Cuando Fonny abrió la verja y la puerta, el vehículo arrancó. Fonny sonrió, pero no dijo nada. Yo tampoco.

Esa noche fue concebido nuestro hijo. Lo sé. Lo sé por la manera en que Fonny me tocó, me abrazó, me penetró. Nunca me había abierto tanto a él. Y cuando empezó a retirarse de mí, lo retuve, me aferré a él con todas mis fuerzas, llorando y gimiendo y sacudiéndome con él, y sentí que la vida, la vida, su vida, me inundaba, confiándose a mí.

Después nos quedamos muy quietos. No nos movimos porque no podíamos. Nos abrazábamos con tanta fuerza que en verdad parecíamos un solo cuerpo. Acariciándome, diciendo mi nombre, Fonny se quedó dormido. Yo me sentía orgullosa. Había cruzado mi río. Ya éramos uno solo.

Sharon llega a Puerto Rico en un vuelo nocturno. Sabe exactamente de cuánto dinero dispone, lo cual significa que sabe con cuánta rapidez debe luchar contra el tiempo, que avanza inexorable en su contra.

Baja del avión junto con cientos de personas, cruza la pista bajo el cielo negro azulado; y hay algo en esas estrellas que parecen tan cercanas, en el modo en que el aire acaricia su piel, que le recuerda a esa Birmingham que no ha visto desde hace tanto tiempo.

Tan solo ha llevado consigo una pequeña bolsa de viaje, de modo que no debe hacer cola para recoger su equipaje. Hayward le ha reservado una habitación en un hotelito de San Juan y le ha escrito la dirección en un papel.

Le ha advertido de que podría costarle encontrar un taxi.

Pero, desde luego, no ha podido prepararla para la asombrosa confusión que reina en el aeropuerto de San Juan. Sharon se queda parada un momento, tratando de orientarse.

Lleva puesto un vestido de verano de color verde, mi madre, y un sombrero también verde de ala ancha; su bolso colgando de un hombro, su bolsa de viaje en una mano; observa la escena.

Su primera impresión es que todo el mundo parece estar emparentado Y no a causa de su aspecto, y tampoco es por el idioma: es por la manera en que se relacionan unos con otros. Hay una gran profusión de colores, pero eso no parece importar mucho, al menos en el aeropuerto. Todo el que habla lo hace a gritos: es la única posibilidad de hacerse oír, y todos están resueltos a que los oigan. Es totalmente imposible saber quién llega, quién se marcha. Familias enteras parecen haber permanecido allí sentadas durante semanas, con todas sus posesiones terrenales amontonadas a su alrededor. Aunque esas pertenencias, advierte Sharon, no forman pilas demasiado altas. Para los niños, el aeropuerto parece ser solo un patio de juegos especialmente desafiante y divertido.

Los problemas de Sharon son reales y profundos. Como no puede permitirse sucumbir a la desesperación, debe confiar en la impresión que pueda ofrecer, y la clave para ello es la complicidad. El mundo ve solo lo que quiere ver, o, cuando las cartas están boca abajo, lo que nosotros le decimos que vea: el mundo no quiere ver quién, o qué, o por qué somos lo que somos. Solo Sharon sabe que es mi madre, solo ella sabe para qué ha viajado a San Juan, donde nadie ha ido a recibirla. Antes de que la gente empiece a especular, debe dejar bien claro que es una turista recién llegada de allá arriba, de América del Norte, y que si no habla español no es por culpa suya.

Sharon se acerca al mostrador de Hertz, se para delante y sonríe con cierta insistencia a una de las señoritas que están atendiendo.

–¿Habla inglés? –le pregunta.

La joven, deseosa de demostrar que así es, mira a Sharon dispuesta a ayudarla.

Mi madre le tiende el papel con la dirección del hotel. La joven lo mira, vuelve a mirar a mi madre. Esa mirada indica a Sharon que Hayward ha pensado las cosas muy bien, que la ha alojado en un hotel muy respetable y respetado.

–Siento mucho tener que molestarla –dice Sharon–, pero no hablo una sola palabra de español y he tenido que viajar a San Juan de manera imprevista. –Hace una pausa, sin dar más explicaciones–. Y no sé conducir. Me preguntaba si sería posible alquilar un coche con chófer. Si no es posible, ¿podría indicarme cómo conseguir un taxi? –Hace un gesto de impotencia a su alrededor–. Como puede ver…

Sonríe, y la joven sonríe. Vuelve a mirar el papel y echa un vistazo en torno al aeropuerto, entornando los ojos.

–Un momento, señora –dice.

Descuelga el auricular del teléfono, abre la pequeña puerta que la separa del público, la cierra detrás de ella y se marcha.

Vuelve enseguida, con un muchacho de unos dieciocho años.

–Este es el conductor de su taxi –dice–. La llevará a su destino. –Lee la dirección en voz alta y devuelve el papel a Sharon. Sonríe–. Espero que disfrute usted de su estancia, señora. Si necesita algo… ¿me permite? –Le da su tarjeta a Sharon–. Si necesita algo, por favor, no dude en llamarme.

–Gracias –dice Sharon–. Muchas gracias. Ha sido usted muy amable.

–Oh, no ha sido nada. Jaime –dice en tono autoritario–, coge la bolsa de la señora.

Jaime obedece, Sharon se despide de la joven y sigue al chico.

«¡Una menos!», piensa Sharon, y entonces empieza a asustarse.

Pero tiene que tomar resoluciones con rapidez. De camino a la ciudad decide, ya que lo tiene allí, hacerse amiga de Jaime y confiarse a sus manos, o al menos aparentar que lo hace. Jaime conoce la ciudad y sabe conducir. Cierto que es demasiado joven. Pero eso puede resultar una ventaja. Alguien mayor, alguien con más experiencia que Jaime, podría convertirse en un terrible incordio. El plan de Sharon es localizar el nightclub, ver a Pietro y, si es posible, a Victoria, sin decirles nada a ninguno de ellos. Pero para una mujer sola, negra o blanca, no es fácil entrar en un nightclub sin ninguna compañía. Además, por lo que ella sabe, ese lugar podría ser un prostíbulo. Su única opción es interpretar el papel de la turista norteamericana, perpleja ante todo lo que ve... pero es negra, y esto es Puerto Rico.

Solo ella sabe que es mi madre y que está a punto de ser abuela; solo ella sabe que ya ha pasado los cuarenta; solo ella sabe qué está haciendo allí.

Cuando llegan al hotel, le da una propina a Jaime. Después, mientras el botones entra su bolsa en el hotel, mira de pronto su reloj.

–Santo Dios –exclama–, ¿podrías esperarme un minuto aquí mientras me registro? No tenía la menor idea de que fuera tan tarde. Debo encontrarme con una persona. No tardaré casi nada. El botones subirá la bolsa a mi cuarto. ¿Te parece bien?

Jaime es un muchacho de cara cetrina, ojos brillantes y sonrisa hosca. Está muy intrigado por esa improbable señora norteamericana: intrigado porque sabe, gracias a su triste e inconfesable experiencia, que aunque esa señora esté en dificultades, y sin duda alguna tiene un secreto, no intentará nada violento contra él. Comprende que ella lo necesita, que necesita su taxi, para algo; pero que no es asunto suyo. Él mismo no sabe que lo sabe –la idea no se ha formado conscientemente en su cerebro–, pero sabe que esa señora es una madre. Él tiene madre. Puede reconocer a una en cuanto la ve. Sabe, también sin saber que lo sabe, que esa noche puede ayudar a esa madre. Su cortesía es tan real como las dificultades de ella. Por eso dice, con gesto solemne, que desde luego llevará a la señora a donde ella quiera y durante todo el tiempo que guste.

Sharon le engaña, un poco. Se registra, sube en el ascensor con el botones, le da propina. Le cuesta decidir si llevar sombrero o no. Su problema es a la vez trivial y serio, pero nunca se le ha presentado hasta ese momento. Su problema es que no aparenta la edad que tiene. Se quita el sombrero. Vuelve a ponérselo. ¿La hace más joven o más vieja? En su casa aparenta la edad que tiene (sea cual sea) porque todos la saben. Aparenta su edad porque conoce el papel que debe representar. Pero ahora está a punto de ir a un nightclub, en una ciudad extranjera, por primera vez en veinte años, sola. Se pone el sombrero. Se lo quita. Advierte que está a punto de sucumbir al pánico, así que arroja el sombrero sobre la mesilla de noche, se frota la cara con agua fría con tanta fuerza como antaño frotaba la mía, se pone una blusa blanca de cuello alto, una falda negra y zapatos negros de tacón, se echa cruelmente el pelo hacia atrás, se lo recoge en la nuca, y se cubre los hombros y la cabeza con un chal negro. El propósito de todo eso es intentar aparentar más edad. El resultado es que parece más joven. Sharon suelta una palabrota, pero el taxi espera. Toma su bolso, corre al ascensor, cruza rápidamente el vestíbulo y llega hasta el taxi. Los brillantes ojos de Jaime la informan de que, con todo, no hay duda de que parece una turista yanqui, una gringa.

El nightclub está situado en lo que sin duda fue una laguna, si no una ciénaga, antes de construirse el inmenso hotel que lo alberga. Es un lugar absolutamente espantoso: tan ruidoso, tan insolente, tan impenetrable, tan cruel, que solo con mirarlo hace pensar que la vulgaridad es un estado de gracia irrecuperable. Ahora Sharon está realmente asustada. Le tiemblan las manos. Enciende un cigarrillo.

–Debo encontrarme con alguien –le dice a Jaime–. No tardaré mucho.

No tiene manera de saber, en ese momento, que ni todo un ejército sería capaz de hacer que Jaime se fuera. Sharon se ha convertido en algo de su propiedad. Jaime sabe que esa señora tiene problemas muy graves. Y que no son problemas corrientes: porque esa mujer es una dama.

–Está bien, señora –dice Jaime con una sonrisa, y baja del coche para abrirle la puerta.

–Gracias –dice Sharon, y camina rápidamente hacia la chabacana entrada, abierta de par en par.

No se ve ningún portero. Pero sin duda lo habrá en el interior.

Ahora tendrá que guiarse por su instinto. Y todo lo que sostiene a Sharon, mi madre, que alguna vez soñó con ser cantante, es su secreto conocimiento de lo que ha ido a hacer en ese sitio.

Entra, de hecho, en el vestíbulo del hotel –llaves, recepción, correo, cajero, empleados aburridos (en su mayoría blancos y decididamente pálidos)– sin que nadie le preste la menor atención. Camina como si supiera muy bien adónde se dirige. El nightclub está a la izquierda, bajando un tramo de escalera. Sharon gira a la izquierda y baja.

Hasta ahora nadie la ha detenido.

–¿Señorita...?

Nunca ha visto una fotografía de Pietro. El hombre que está frente a ella es anodino y de tez oscura. La luz es demasiado tenue (y el entorno demasiado extraño) para que pueda calcular su edad; no parece hostil. Sharon sonríe.

–Buenas noches. Espero no haberme equivocado de lugar. ¿Este es...?

Y balbucea el nombre del nightclub.

–Sí, señorita.

–Bueno... Tenía que encontrarme con un amigo aquí, pero el vuelo que pensaba tomar estaba completo, así que he tenido que tomar el anterior. He llegado antes de lo previsto. ¿Podría usted ponerme en alguna mesa discreta, en un rincón, en cualquier parte?

–Desde luego. Será un placer. –El hombre la guía a través del salón repleto–. ¿Cómo se llama su amigo?

No se le ocurre nada, tiene que arriesgarse.

–En realidad se trata más bien de un asunto de negocios. Tengo que reunirme con un tal señor Álvarez. Yo soy la señora Rivers, de Nueva York.

–Gracias. –El hombre la instala en una mesa, contra la pared–. ¿Desea tomar algo mientras espera?

–Sí, gracias. Un destornillador.

El hombre, sea quien fuere, se inclina y se aleja.

«¡Dos menos!», piensa Sharon. Y ahora está muy serena.

Está en un nightclub, así que la música es… «animada». Vuelve a revivir su época con el batería. Vuelve a revivir sus días como cantante. Pero nada de eso, como me contará vívidamente después, regresa a ella con una aureola de nostalgia arrepentida. Ella y el batería se separaron: eso fue todo. Ella no tenía madera de cantante; eso fue todo. Pero también recuerda lo que ella y el batería y la banda intentaban alcanzar, sabe de dónde procedían todos ellos. Si yo recuerdo «Día sin nubes» es porque me recuerdo a mí misma sentada en las rodillas de mi madre cuando la oí primera vez; Sharon recuerda «Mi Señor y yo»: «Caminaremos juntos, mi Señor y yo». Esa canción es Birmingham, su padre y su madre, las cocinas, y las minas. Puede que de hecho nunca le haya gustado especialmente esa canción, pero la conoce muy bien, es parte de ella. Y poco a poco va dándose cuenta de que esa es la canción que, con diferentes palabras, si es que realmente son palabras, están berreando y aporreando los muchachos de la banda. Esos jóvenes no saben nada de la canción que cantan, lo cual le hace preguntarse si sabrán algo acerca de sí mismos. Esta es la primera vez en mucho tiempo que Sharon está sola. Pero incluso ahora, está sola de un modo meramente físico, como lo está, por ejemplo, cuando sale a comprar para su familia. Cuando sale a comprar debe escuchar, debe mirar, decir sí a esto, no a aquello, debe elegir: tiene una familia que alimentar. No puede envenenarlos, porque los quiere. Y ahora se encuentra oyendo un sonido que nunca ha oído en su vida. Si estuviera comprando, no podría llevárselo a su casa y ponerlo en la mesa familiar, porque no les alimentaría. «¡Mi chica y yo!», grita el desnutrido cantante de rock sacudiéndose en un orgasmo electrónico. Pero nadie que haya tenido un ser amado, una madre o un padre, o un Señor, puede sonar tan desesperadamente masturbatorio. Porque es desesperación lo que oye Sharon, y la desesperación, aunque no podamos llevarla a casa y ponerla en la mesa familiar, siempre debe respetarse. La desesperación puede volvernos monstruosos, pero también puede hacernos nobles; y ahí están esos chicos, en la arena, expuestos a todo y todos. Sharon les aplaude, porque reza por ellos. Le llevan el destornillador y Sharon sonríe a la cara que no puede ver. Toma un trago. Se pone tensa en su silla: los chicos están a punto de atacar el próximo tema; y Sharon alza la vista hacia otra cara que no puede ver.

Los chicos empiezan a aullar su canción: «I Can't Get No Satisfaction».

–¿Señora Rivers? ¿Estaba esperándome?

–Sí. ¿No quiere sentarse?

El hombre toma asiento frente a ella. Ahora Sharon puede verlo.

Una vez más, piensa en mí, y en Fonny, y en nuestro hijo, y se maldice por ser tan inepta, sabiéndose acorralada, atrapada, con la espalda contra la pared, mientras que él está de espaldas a la puerta... Pero no tiene más remedio que lanzarse al ataque.

–Me han dicho que un tal señor Pietro Álvarez trabaja aquí. ¿Es usted Pietro Álvarez?

Sharon lo ve. Y aun así, al mismo tiempo, no lo ve.

–Quizá. ¿Para qué quiere verlo?

Sharon se muere de ganas de fumar, pero teme echarse a temblar. Toma el vaso con las dos manos y bebe lentamente, dando gracias a Dios por el chal, que deja su cara en las sombras. Si ella puede verlo, él también puede verla a ella. Sharon permanece en silencio un momento. Después deja el vaso sobre la mesa y saca un cigarrillo.

–¿Me da fuego, por favor?

Él se lo enciende. Sharon se quita el chal.

–En realidad, no es al señor Álvarez a quien quiero ver. Quiero ver a la señora Victoria Rogers. Soy la futura suegra del hombre a quien ella ha acusado de violarla, y que ahora está en la cárcel, en Nueva York.

Sharon lo observa. Él la observa. Ahora ella empieza a verlo.

–Bueno, señora, si me permite que se lo diga, menuda pieza está hecho su yerno.

–También tengo una hija. Si me permite que se lo diga.

El bigote que el tipo se ha dejado crecer para parecer mayor se tuerce. Se pasa la mano por el pelo espeso y negro.

–Mire. La pobre ya ha pasado por mucho. Demasiado. Déjela en paz.

–Hay un hombre que está a punto de morir por algo que no ha hecho. ¿También a él tenemos que dejarlo en paz?

–¿Por qué cree que no lo hizo?

–¡Míreme!

Los chicos de la banda terminan su actuación y dejan el escenario, sustituidos inmediatamente por la gramola: Ray Charles, «I Can't Stop Loving You».

–¿Para qué quiere que la mire?

Llega el camarero.

–¿Qué está tomando, señor? –pregunta Sharon, apagando el cigarrillo y encendiendo otro al momento.

–Invito yo. Ponme lo de siempre. Y sirve a la señora lo que esté tomando.

El camarero se va.

–Míreme.

–Estoy mirándola.

–¿Cree que quiero a mi hija?

–Con franqueza, cuesta de creer que tenga usted una hija.

–Estoy a punto de ser abuela.

–¿De…?

–Sí.

El hombre es joven, muy joven, pero también muy viejo; aunque no en el sentido que Sharon había esperado. Ella había esperado la edad de la corrupción. Y está frente a la edad del dolor. Frente a la edad del tormento.

–¿Piensa que dejaría que mi hija se casara con un violador?

–Puede que no supiera que lo era.

–Míreme de nuevo.

Él la mira. Pero eso no sirve de nada.

–Oiga. Yo no estaba allí. Pero Victoria jura que fue él. Y la pobre ya ha tenido que pasar por bastante mierda, señora, ¡y no quiero que pase por más! Lo siento, señora, pero no me importa lo que le pase a su hija… –Se detiene–. ¿Va a tener un hijo?

–Sí.

–¿Qué quiere de mí? ¿Por qué no nos deja en paz? Solo queremos que nos dejen en paz.

Sharon no dice nada.

–Mire. Yo no soy norteamericano. Ustedes tienen allá a todos esos abogados y todos esos tipos… ¿para qué acude a mí? Joder… Discúlpeme, pero yo no soy nadie. Soy indio, espagueti, sudaca, negrata… cualquier cosa que diga, eso soy yo. Tengo mi pequeño negocio aquí, y tengo a Victoria, y no quiero que vuelva a pasar por más mierda. Lo siento, señora, pero no puedo ayudarla en nada.

Hace ademán de levantarse; no quiere echarse a llorar delante de ella. Sharon lo retiene por la muñeca. Él se sienta, con una mano tapándole la cara.

Sharon saca su monedero.

–Pietro… Te llamo así porque podría ser tu madre. Mi yerno tiene tu edad.

Él apoya la cabeza en una mano y la mira.

Sharon le tiende la fotografía en que estamos Fonny y yo.

–Mírala.

Él no quiere, pero la mira.

–¿Eres un violador?

El chico levanta la vista hacia ella.

–Contéstame. ¿Lo eres?

Los ojos negros en su semblante estólido, clavados ahora en los de mi madre, electrizan su rostro, son como una hoguera en la oscuridad de una colina lejana: ha oído la pregunta.

–¿Eres un violador?

–No.

–¿Crees que he venido hasta aquí para hacerte sufrir?

–No.

–¿Crees que soy una mentirosa?

–No.

–¿Crees que estoy loca? Ya sé que todos estamos un poco locos... Pero ¿crees que estoy realmente loca?

–No.

–Entonces, por favor, llévate esta fotografía a tu casa, enséñasela a Victoria y pídele que la examine con mucha atención. Abrázala. Hazlo. Soy mujer. Sé que la violaron y sé... bueno, sé lo que todas las mujeres sabemos. Pero también sé que Alonzo no la violó. Y te digo esto, a ti, porque sé que tú sabes lo que todos los hombres saben. Abrázala. –Lo mira un instante; él le devuelve la mirada–. Y... ¿me llamarás mañana? –Le dice el nombre del hotel y le da el número de teléfono. Él lo anota–. ¿Me llamarás?

El muchacho la mira, ahora con frialdad y dureza. Baja la vista al número de teléfono. Vuelve a mirar la fotografía.

Empuja ambas cosas hacia Sharon.

–No –dice, y se pone de pie y se va.

Sharon permanece sentada. Escucha la música. Mira a los que bailan. Se obliga a terminar su segunda copa, que no tiene ganas de beber. No puede creer que todo esto esté sucediendo realmente. Pero sucede. Enciende un cigarrillo. Cobra una aguda conciencia no solo de su propio color, sino también de que para los muchos testigos que la rodean su posición, ambigua desde que entró, está ahora absolutamente clara: el chico de veintidós años que ha venido a ver desde tan lejos la ha dejado plantada. Tiene ganas de llorar. También tiene ganas de reír. Hace una señal al camarero.

–¿Sí?

–¿Cuánto le debo?

El camarero parece desconcertado.

–Nada, señora. El señor Álvarez lo ha cargado a su cuenta.

Sharon advierte que en los ojos del camarero no hay lástima ni burla. Eso la impresiona a tal punto que aparecen lágrimas en sus ojos. Para ocultarlas, baja la cabeza y se arregla el chal. El camarero se aleja. Sharon deja cinco dólares sobre la mesa. Camina hacia la puerta. El hombre oscuro y anodino la abre a su paso.

–Gracias, señora. Buenas noches. Su taxi la espera. Vuelva pronto, por favor.

–Gracias –dice mi madre, y sonríe, y sube la escalera.

Cruza el vestíbulo. Jaime está apoyado contra el taxi. Se le ilumina la cara cuando la ve acercarse y le abre la puerta del coche.

–¿A qué hora me necesitará mañana? –pregunta.

–¿A las nueve es muy temprano?

–Oh, no –ríe Jaime–. Me levanto antes de las seis.

El coche arranca.

–Estupendo –dice Sharon, meciendo el pie en el aire, pensativa.

El bebé empieza a dar pataditas, me despierta por las noches. Ahora que mamá está en Puerto Rico, son Ernestine y Joseph quienes me cuidan. No me atrevo a dejar mi empleo porque sé que necesitamos el dinero. Lo cual significa que muchas veces no puedo ir a las Tumbas para la visita de las seis.

Tengo la sensación de que, si dejo mi empleo, me pasaré el resto de la vida yendo a la visita de las seis. Se lo explico a Fonny y él dice que lo entiende. Y, en verdad, lo entiende. Pero entenderlo no le sirve de mucho cuando llegan a las seis de la tarde. Por más que lo entienda, no puede dejar de esperar: de esperar que lo llamen, que lo saquen de la celda y lo lleven escaleras abajo. Cuando tienes visitas, o incluso aunque solo tengas una visita, pero esta es constante, sabes que hay alguien afuera que se preocupa por ti. Y eso te ayuda a pasar la noche, a iniciar el día. Por más que lo entiendas, que lo entiendas de veras, y por más que te lo digas a ti mismo, si nadie viene a verte estás en una situación realmente difícil. Y eso, allí, significa peligro.

Joseph me lo dice sin rodeos, un domingo por la mañana. Esa mañana me he sentido peor que nunca y Joseph ha tenido que cuidarme porque Ernestine tenía que hacer algo urgente en casa de la actriz. No puedo ni imaginar lo que estará haciendo esta cosa que llevo dentro de mí, pero parece que ya le han crecido los pies. A veces se está quieta durante días enteros, quizá durmiendo, pero más probablemente tramando algo… tramando su huida. Después se da la vuelta, agitando el agua, sacudiéndose, terriblemente aburrida de estar en ese elemento, desesperada por salir. Estamos empezando a mantener un diálogo bastante áspero, esa cosa y yo: da una patada, y yo estrello un huevo contra el suelo; da una patada, y de repente la cafetera se vuelca sobre la mesa; da una patada, y el perfume en el dorso de mi mano es como sal en mi paladar, y mi mano libre se apoya sobre el mostrador de cristal con fuerza suficiente como para partirlo en dos. Maldita sea. Hay que tener paciencia. Lo estoy haciendo lo mejor que puedo… y da otra patada, encantada de haber provocado una reacción tan furiosa. Por favor. Quédate quieta. Y entonces, exhausta o, sospecho, simplemente astuta, se queda quieta, ahora que me ha cubierto la frente de sudor, y me ha hecho vomitar el desayuno, y correr al cuarto de baño –inútilmente– cuatro o cinco veces. Pero en verdad es muy astuta, quiere vivir: nunca se mueve mientras viajo en metro, o cuando cruzo una calle muy transitada. Pero cada vez pesa más y más, y sus demandas son más imperiosas a cada hora que pasa. Es imposible ignorar sus exigencias. El mensaje es que no es ella quien me pertenece a mí –aunque a veces da una patada más suave, generalmente por la noche, para hacerme saber que no le molesta pertenecer a mí, que quizá incluso lleguemos a tenernos cariño con el tiempo–, sino que soy yo quien le pertenece a ella. Y entonces arremete de nuevo, como Muhammad Ali, y voy a parar contra las cuerdas.

No reconozco mi propio cuerpo, está perdiendo su forma por completo. Trato de no mirarlo, porque simplemente no lo reconozco para nada. Además, a veces me quito alguna prenda por la noche y por la mañana me resulta muy difícil volvérmela a poner. Ya no puedo usar tacones altos, distorsionan mi sentido del equilibrio tanto como un ojo ciego distorsiona la visión. Nunca he tenido pecho ni trasero, pero empiezo a tenerlos. Tengo la impresión de estar aumentando de peso a razón de ciento cincuenta kilos por hora, y no me atrevo a imaginar qué pareceré cuando esta cosa que llevo dentro de mí vaya a dar la última patada para salir. Santo Dios. Y, sin embargo, empezamos a conocernos, esa cosa, esa criatura y yo, y a veces nos sentimos muy, muy bien juntas. Tiene algo que decirme y debo aprender a escucharla; de lo contrario, no sabré qué decirle cuando esté aquí. Y Fonny no me lo perdonaría nunca. Después de todo, fui yo quien quiso tener este bebé, más que él. Y en el fondo, más allá de todos nuestros problemas, me siento muy feliz. Ya casi no fumo: esta cosa se ha encargado de ello. Y he adquirido una pasión irresistible por el cacao y las rosquillas; y el coñac es el único licor que tiene algún sabor para mí. Por eso, de vez en cuando, Ernestine trae algunas botellas de la casa de la actriz. «No las echará de menos, nena. ¿Con lo que beben allí?»

Ese domingo por la mañana, Joseph me sirve la tercera taza de cacao, ya que he tenido que vomitar las dos anteriores por culpa de las pataditas, y se sienta frente a mí, muy serio.

–¿Quieres tener a ese hijo, sí o no?

El modo en que me mira, y el tono de su voz, me aterrorizan.

–Sí –contesto–. Claro que sí.

–¿Y quieres a Fonny?

–Sí, le quiero.

–Pues entonces lo siento mucho, pero vas a tener que dejar tu empleo.

Me quedo mirándolo.

–Sé que estás preocupada por el dinero. Pero deja que yo me preocupe por eso. Tengo más experiencia. Además, maldita la pasta que ganas... Lo único que consigues es matarte y desquiciar aún más a Fonny. Si sigues así perderás a esa criatura. Y si la pierdes, Fonny ya no querrá vivir, y tú estarás perdida, y entonces yo estaré perdido y todo estará perdido.

Se pone de pie y camina hacia la ventana, dándome la espalda. Después se gira y me mira de nuevo.

–Hablo en serio, Tish.

–Ya lo sé –contesto.

Joseph sonríe.

–Escúchame, pequeña. En este mundo cada uno de nosotros tiene que preocuparse por los demás, ¿verdad? Ahora bien, hay algunas cosas que yo puedo hacer y tú no. Así de simple. Hay cosas que yo puedo hacer y tú no, y otras cosas que tú puedes hacer y yo no. Por ejemplo, yo no puedo tener a tu hijo por ti. Lo tendría si pudiera. Haría cualquier cosa por ti. Lo sabes, ¿verdad?

Y Joseph me mira, aún sonriendo.

–Sí, lo sé.

–Y hay cosas que tú puedes hacer por Fonny y yo no puedo hacer, ¿verdad?

–Sí.

Camina de un lado a otro por la cocina.

–A los jóvenes no os gusta que os digan estas cosas... Tampoco a mí me gustaba, cuando era joven. Pero vosotros sois jóvenes. Hija, no quisiera perderos a vosotros dos ni por todo el café de Brasil... Pero vosotros sois jóvenes. Fonny es poco más que un muchacho. Y ningún muchacho debería pasar por lo que está pasando él. Y solo te tiene a ti, Tish. Eres lo único que tiene. Soy un hombre y sé de lo que hablo. ¿Me entiendes?

–Sí.

Vuelve a sentarse frente a mí.

–Tienes que ir a verlo todos los días, Tish. Todos los días. Tienes que cuidar de Fonny. Nosotros nos encargaremos de lo demás. ¿De acuerdo?

–De acuerdo.

Besa mis lágrimas.

–Tú preocúpate de que tu hijo nazca sano y salvo. Nosotros sacaremos a Fonny de la cárcel. Te lo prometo. ¿Tú me lo prometes?

Sonrío, y digo:

–Sí. Lo prometo.

De todos modos, a la mañana siguiente me encuentro demasiado mal para ir a trabajar, y Ernestine llama a los grandes almacenes para avisar de que no voy a ir. Les dice que ella, o yo misma, iremos en los próximos días a recoger el cheque de mi sueldo.

Y eso fue todo, y aquí estamos. Para ser sincera, llegó un punto en que debo decir que me pareció espantoso eso de no tener nada que hacer. Pero, al mismo tiempo, me obligó a admitir que me había aferrado a mi trabajo para distraerme de mis problemas. Ahora estaba sola, con Fonny, con mi hijo, conmigo misma.

Pero Joseph tenía razón: Fonny se siente muy aliviado. Los días que no veo a Hayward, voy a visitarlo dos veces. Y siempre estoy allí para la visita de las seis. Y Fonny sabe que estaré allí. Y solo ahora empiezo a darme cuenta de algo muy extraño. Mi presencia, que no tiene ninguna utilidad práctica, que desde un punto de vista pragmático puede considerarse incluso una traición, es mucho más importante que cualquier gestión que yo pueda hacer. Todos los días, cuando Fonny ve mi cara, sabe, una vez más, que lo amo; y sabe Dios que, a cada hora que pasa, lo amo cada vez más, cada vez más profundamente. Pero no es solo eso. Cuando me ve, comprende que también hay otros que lo quieren, lo quieren tanto que me han liberado para poder estar allí. No está solo; no estamos solos. Y si a veces me aterroriza el hecho de no tener ya algo que pueda llamarse cintura, Fonny se muestra radiante de alegría. «¡Aquí llega! ¡Enorme como dos casas juntas! ¿Estás segura de que no vas a tener mellizos? ¿O trillizos? ¡Joder, vamos a salir en los periódicos!»

Y echa la cabeza hacia atrás, con el teléfono en la mano, mirándome a los ojos y riendo.

Y comprendo que esa criatura que crece en mi vientre tiene mucho que ver con su determinación de salir en libertad. Así que no me importa si me estoy poniendo enorme como dos casas juntas. El niño quiere salir. Fonny quiere salir. Y, con el tiempo, lo lograremos.

Jaime llega puntual, y Sharon ya está en la favela a las nueve y media. El muchacho tiene una idea aproximada de dónde se encuentra la casa, pero no conoce a la mujer; al menos, no está seguro de conocerla. Sigue pensando en eso cuando Sharon baja del taxi.

Hayward había tratado de prevenir a Sharon al decirle que jamás sería capaz de describir una favela, y que dudaba mucho de que ella, después de su visita, quisiera intentarlo. Es una experiencia muy amarga. Allá arriba el cielo azul, el sol deslumbrante; a un lado el mar azul, allá el vertedero. Lleva un momento darse cuenta de que el vertedero *es* la favela. Las casas están construidas sobre él… chabolas; algunas sobre pilotes, como si intentaran alzarse por encima de la basura. Algunas tienen techos de chapa ondulada. Algunas tienen ventanas. En todas hay niños.

Jaime camina junto a Sharon, orgulloso de ser su protector, intranquilo ante la misión. El olor es insoportable. Pero a los niños que corretean arriba y abajo por su montaña, haciendo resonar el aire, a esos niños oscuros, semidesnudos, con sus ojos brillantes y sus risas, que entran y salen chapoteando del mar, a esos niños parece no importarles.

–Este debe de ser el lugar –dice Jaime.

Sharon pasa bajo una arcada y entra en un patio ruinoso. La casa que se alza frente a ella tuvo que haber sido, mucho tiempo atrás, una residencia particular muy importante. Ya ha dejado de ser particular. Generaciones de capas de pintura caen a desconchones de las paredes, y la luz del sol, que revela cada mancha, cada grieta, no se digna entrar en los cuartos, algunos de los cuales están cerrados, en la medida en que lo permiten los postigos. El lugar es más estrepitoso que una orquesta de aficionados ensayando, y el ruido que hacen los recién nacidos y los niños es el tema: infinitamente desarrollado, en armonías extraordinarias, en las voces de los mayores. Parece haber puertas por todas partes: bajas, cuadradas, oscuras.

–Creo que es aquí –dice Jaime, nervioso, señalando una de las puertas–. En el tercer piso, me parece. ¿Dice que la mujer es rubia?

Sharon lo mira. Jaime parece terriblemente consternado: no quiere que ella suba sola.

Le toca la cara y sonríe; de repente el muchacho le ha recordado a Fonny, le ha hecho pensar en el motivo por el cual ha ido hasta allí.

–Tú espérame aquí –dice–. No te preocupes. No tardaré mucho.

Y cruza el umbral y sube las escaleras como si supiera muy bien adónde se dirige. En el tercer piso hay cuatro puertas. En ninguna hay nombres. Hay una que está entreabierta, y Sharon golpea con los nudillos, abriéndola un poco más.

–¿Señora Rogers...?

Una chica muy flaca, con unos inmensos ojos oscuros en una cara oscura, vestida con una bata floreada y descalza, avanza hasta el centro del cuarto. El pelo rizado es de un rubio sucio. Pómulos altos, labios finos, boca grande: un rostro dulce, afable, vulnerable. Un crucifijo dorado refulge en su cuello.

–¿Señora...? –dice.

Y se queda inmóvil, mirando a Sharon con sus grandes ojos asustados.

–¿Señora...?

Porque Sharon no ha dicho nada, se limita a permanecer en el umbral, mirándola.

La chica se humedece los labios con la lengua. Repite una vez más:

–¿Señora...?

No aparenta su edad. Parece una niña pequeña. Entonces se mueve y la luz revela en ella un aspecto diferente, y Sharon la reconoce.

Sharon se apoya contra la puerta abierta, temiendo por un instante que no podrá tenerse en pie.

–¿Señora Rogers...?

La muchacha entorna los ojos y aprieta los labios.

–No, señora. Está equivocada. Mi apellido es Sánchez.

Ambas se miran. Sharon sigue apoyada en la puerta.

La joven hace un movimiento en dirección a la puerta, como para cerrarla. Pero no quiere empujar a Sharon. No quiere tocarla. Da un paso, se detiene; se toca el crucifijo que lleva al cuello, sin dejar de mirar a la mujer que tiene delante. Sharon no puede descifrar la expresión de la muchacha. Hay en ella una preocupación no muy diferente de la de Jaime. También hay terror, y cierta compasión encubierta por ese miedo.

Sharon no está muy segura de poder moverse, y aun así intuye que, tanto si puede moverse como si no, es mejor no cambiar su posición contra la puerta abierta. Eso le da cierta ventaja.

–Perdóneme, señora, pero tengo mucho trabajo. Si me disculpa... Y tampoco conozco a ninguna señora Rogers. ¿Por qué no pregunta en otra casa? –Sonríe levemente y mira hacia la ventana abierta–. Pero es que hay tantas... Tendrá que buscar durante mucho rato.

Mira a Sharon, con amargura. Sharon se endereza y, de pronto, se miran directamente a los ojos: las dos retenidas por la mirada de la otra.

–Tengo una fotografía suya –dice Sharon.

La chica no dice nada. Intenta esbozar una expresión divertida.

Sharon saca la fotografía y se la tiende. La chica camina hacia la puerta. Mientras avanza, Sharon se aparta del umbral y entra en el cuarto.

–¡Señora! Le he dicho que tengo mucho trabajo. –Mira a Sharon de arriba abajo–. No soy ninguna dama americana.

–Yo tampoco soy ninguna dama. Soy la señora Rivers.

–Y yo soy la señora Sánchez. ¿Qué quiere de mí? No la conozco.

–Ya sé que no me conoce. Quizá ni siquiera ha oído hablar de mí.

Algo ocurre en la cara de la muchacha, que aprieta los labios, hurga en el bolsillo de su bata en busca de cigarrillos, y después echa el humo con insolencia hacia Sharon. Pero dice:

–¿Quiere un cigarrillo, señora?

Y le ofrece el paquete.

Hay una súplica en los ojos de la joven, y Sharon, con mano temblorosa, coge un cigarrillo y la chica se lo enciende. Después se guarda de nuevo el paquete en el bolsillo de la bata.

–Ya sé que no me conoce. Pero quizá haya oído hablar de mí.

La muchacha echa un breve vistazo a la fotografía que Sharon tiene en la mano; después mira a Sharon y calla.

–Anoche estuve con Pietro.

–¡Ah! ¿Y él le dio la fotografía?

Ha pretendido que suene como un sarcasmo; y se da cuenta de que ha cometido un error; aun así, sus ojos desafiantes, clavados en los de Sharon, parecen decir: «¡Hay tantos Pietros!».

–No. Me la dio el abogado de Alonzo Hunt… El hombre a quien usted acusa de haberla violado.

–No sé de qué está hablando.

–Creo que sí lo sabe.

–Mire. No tengo nada en contra de usted, pero tengo que pedirle que se vaya.

Tiembla, al borde de las lágrimas. Extiende ante sí las dos manos con los puños apretados, como para resistir la tentación de tocar a Sharon.

–Estoy aquí porque intento sacar a un hombre de la cárcel. Ese hombre va a casarse con mi hija. Y no fue él quien la violó.

Vuelve a tenderle la foto en la que estamos Fonny y yo.

–Mírela.

La chica se gira de nuevo hacia la ventana, se sienta en la cama sin hacer y se queda mirando hacia fuera.

Sharon se acerca a ella.

–Mírela, por favor. La joven es mi hija. El hombre que está con ella es Alonzo Hunt. ¿Es este el hombre que la violó?

La chica no quiere mirar la fotografía. Ni a Sharon.

–¿Es este el hombre que la violó?

–Una cosa sí puedo decirle, señora: a usted nunca la han violado. –Baja los ojos hacia la fotografía, brevemente, y después los alza hacia Sharon, brevemente–. Se parece a él. Pero aquel no se reía...

Al cabo de un momento, Sharon pregunta:

–¿Puedo sentarme?

La chica no dice nada, solo suspira y se cruza de brazos. Sharon se sienta junto a ella en la cama.

Debe de haber unas dos mil radios sonando a su alrededor, y en todas ellas se oye a B. B. King. En realidad, Sharon no puede distinguir qué está sonando, pero reconoce el ritmo: nunca le ha parecido más ensordecedor, más insistente, más quejumbroso. Nunca le ha parecido más decidido y peligroso. Ese ritmo tiene su eco en las numerosas voces humanas, y se ve corroborado por el mar, que brilla y brilla más allá del montón de basura de la favela.

Sharon se sienta y escucha, escucha como nunca lo ha hecho antes. La chica tiene la cara vuelta hacia la ventana. Sharon se pregunta qué es lo que oye, qué es lo que ve. Quizá no oiga ni vea nada. Permanece sentada con una obstinada y callada indefensión, sus delgadas manos colgando lánguidas entre las rodillas, como alguien que ya ha caído antes en más de una trampa.

Sharon mira la frágil espalda de la joven. El pelo rizado empieza a resecarse un poco, y se le ven las raíces oscuras. El ritmo de la música se acelera, se vuelve casi insoportable, empieza a sonar dentro de la cabeza de Sharon y amenaza con hacer estallar su mente.

Ahora se siente al borde del llanto, sin saber por qué. Se levanta de la cama y camina hacia la música. Mira a los niños y contempla el mar. A lo lejos hay una arcada, no muy diferente de la que ha cruzado un poco antes, abandonada por los moros. Se vuelve y mira a la chica. Esta tiene los ojos fijos en el suelo.

–¿Usted nació aquí? –pregunta Sharon.

–Mire, señora. Antes de que siga hablando, déjeme decirle una cosa: usted no puede hacerme nada. Aquí no estoy sola ni indefensa. ¡Tengo amigos! ¡Para que lo sepa!

Y le lanza una mirada furiosa, asustada, dubitativa. Pero no se mueve.

–No pretendo hacer nada contra usted. Solo intento sacar a un hombre de la cárcel.

La chica se gira en la cama, dándole la espalda.

–Un hombre inocente –añade Sharon.

–Señora, creo que ha venido al lugar equivocado, en serio. No tiene ningún motivo para hablar conmigo. ¡Y no hay nada que yo pueda hacer!

Sharon empieza a indagar:

–¿Cuánto tiempo vivió en Nueva York?

La chica arroja el cigarrillo por la ventana.

–Demasiado.

–¿Dejó a sus hijos allá?

–Escúcheme bien: no meta a mis hijos en esto.

En el cuarto hace cada vez más calor, y Sharon se quita la liviana chaqueta que lleva y se sienta de nuevo en la cama.

–Yo también soy madre –dice con cautela.

La chica la mira, intentando mostrar un menosprecio burlón. Pero aunque ella y la envidia se conocen muy bien, el menosprecio le resulta totalmente ajeno.

–¿Por qué volvió a Puerto Rico? –le pregunta Sharon.

No es la pregunta que la chica se esperaba. De hecho, no es la pregunta que Sharon pensaba hacerle.

Y las dos se miran, y la pregunta vibra entre ambas como la luz que cambia sobre el mar.

–Usted ha dicho que es madre –dice al fin la joven.

Se levanta y se dirige otra vez hacia la ventana. Esta vez Sharon la sigue y las dos contemplan juntas el mar. En cierto modo, la amarga respuesta de la chica empieza a aclarar las ideas de Sharon. En esa respuesta interpreta una súplica; y empieza a hablarle de otro modo.

–Hija, en este mundo nos ocurren cosas terribles, y todos podemos llegar a hacer cosas terribles. –Mira deliberadamente por la ventana, pero observa a la chica–. Soy mujer desde mucho antes que tú. Recuérdalo. Pero... –y se vuelve hacia Victoria, la atrae hacia sí (las delgadas muñecas, las manos huesudas, los brazos cruzados) y la toca, levemente: procura hablarle como si me hablara a mí– todos pagamos por las mentiras que decimos. –Mira a la chica. La chica la mira–. Tú has mandado a un hombre a la cárcel, hija, a un hombre a quien nunca habías visto. Ese hombre tiene veintidós años y quiere casarse con mi hija, y... –los ojos de Victoria vuelven a posarse en los de Sharon– es negro. –Suelta a la chica y se gira hacia la ventana–. Como nosotras.

–Yo lo vi.

–Lo viste en la rueda de reconocimiento de la policía. Esa fue la primera vez que lo viste. Y la única.

–¿Por qué está tan segura?

–Porque le conozco de toda la vida.

–¡Ja! –dice Victoria, y trata de alejarse; los ojos oscuros, vencidos, se le llenan de lágrimas–. Si usted supiera a cuántas mujeres he oído decir eso. Ellas no lo vieron... pero yo lo vi... ¡cuando se abalanzó sobre mí! Las mujeres nunca ven eso. Las mujeres respetables, ¡como usted!, nunca ven eso. –Las lágrimas le corren por la cara–. Puede que usted lo haya conocido como un niño bueno, y hasta puede que sea un hombre bueno... ¡con usted! Pero no conoce al hombre que hizo... que hizo... ¡lo que me hizo a mí!

–Pero ¿estás segura de que tú lo conoces?

–Sí, estoy segura. La policía me llevó allí y me dijeron que lo señalara y yo lo señalé entre todos los demás. Eso es todo.

–Pero vosotros estabais... cuando aquello ocurrió... en la oscuridad. Y después viste a Alonzo Hunt... a plena luz.

–Había luz en el vestíbulo. Vi suficiente.

Sharon vuelve a atraerla hacia ella y le toca el crucifijo.

–Hija, hija… En nombre de Dios.

Victoria mira hacia abajo, a la mano que toca la cruz, y grita: un sonido como ningún sonido que Sharon haya oído en su vida. La chica se aparta violentamente y corre hacia la puerta, que ha permanecido abierta. Grita y llora:

–¡Fuera de aquí! ¡Fuera de aquí!

Las demás puertas se abren. Empieza a asomarse gente. Sharon oye los bocinazos del taxi: uno, dos, uno, dos, uno, dos, tres, uno, dos, tres. Ahora Victoria grita en español. Una de las mujeres mayores se acerca a la puerta y toma a Victoria entre sus brazos. Victoria se derrumba, sollozando, entre los pechos de la mujer; y la mujer, sin mirar a Sharon, se la lleva consigo. Pero todos los demás que se han congregado en el pasillo miran a Sharon, y ahora el único sonido que oye son los bocinazos del taxi de Jaime.

La gente la mira, mira su ropa; no hay nada que ella pueda decirles; avanza hacia el pasillo, hacia ellos. Lleva sobre el brazo la ligera chaqueta de verano, sostiene el bolso en una mano, en la otra la fotografía en la que estamos Fonny y yo. Pasa por delante de ellos lentamente, y lentamente baja por la expectante escalera. Hay gente en cada rellano. Sale al patio, a la calle, Jaime le abre la puerta del taxi. Sharon sube, Jaime cierra la puerta y, sin decir palabra, la aleja de allí.

Por la noche, Sharon va al nightclub. Pero el portero le informa de que el señor Álvarez no irá por allí esa noche, que no hay mesas para mujeres solas y que, de todos modos, el local está repleto.

La mente es como un objeto que acumula polvo. El objeto, al igual que la mente, no sabe por qué ese polvo se aferra a él. Pero una vez que lo hace, ya no desaparece. Por eso, después de aquella tarde en la verdulería, vi a Bell por todas partes y a todas horas.

Por aquel entonces no sabía su nombre. Lo supe la noche en que se lo pregunté. Ya había memorizado el número de su placa.

Evidentemente, lo había visto antes de aquella tarde, pero para mí solo era un policía de tantos. Después de aquella tarde, se convirtió en un hombre pelirrojo de ojos azules. Tendría unos treinta y tantos años. Caminaba como John Wayne, pisando fuerte para limpiar de malos el universo, y se creía toda aquella mierda: un hijo de puta maligno, estúpido y pueril. Como sus héroes, era un cretino, un bravucón de mierda, con los ojos tan vacíos como los de George Washington. Pero empecé a descubrir algo en esa mirada sin expresión. Y lo que descubrí empezó a helarme la sangre en las venas. Cuando uno miraba fijamente ese azul imperturbable, esa punta de alfiler en el centro de cada ojo, descubría una crueldad infinita, una perversa frialdad. Era una suerte no existir para esos ojos. Pero si esos ojos, desde su altura, se sentían obligados a fijarse en ti, si llegabas a existir en el invierno increíblemente helado que vivía tras ellos, quedabas marcado, marcado, marcado, como un hombre con un abrigo negro, arrastrándose, huyendo, por la nieve. Los ojos repudiaban esa presencia que ensuciaba el paisaje. Y ahora el abrigo negro quedaba fijo en la retina, se volvía rojo por la sangre, y la nieve se ponía roja, y los ojos también repudiaban ese rojo, parpadeaban una vez, y hacían caer más nieve para que lo cubriera todo. A veces yo estaba con Fonny cuando nos cruzábamos con Bell, otras estaba sola. Cuando iba con Fonny, los ojos miraban al frente, hacia un sol helado. Cuando iba sola, los ojos se clavaban en mí como las garras de un gato, me recorrían como un rastrillo. Esos ojos solo miraban los ojos de las víctimas sometidas. No podían mirar otros ojos. Cuando Fonny estaba solo, ocurría lo mismo. Los ojos de Bell se deslizaban sobre el cuerpo negro de Fonny con la insaciable crueldad de la lujuria, como si hubieran encendido un soplete para dirigirlo hacia el sexo de Fonny. Cuando ambos se cruzaban y yo estaba allí, Fonny miraba fijamente a Bell, y Bell miraba fijamente al frente. «Voy a joderte, muchacho», decían los ojos de Bell. «No lo conseguirás –decían los ojos de Fonny–. Pronto recogeré todas mis cosas y me largaré de aquí.»

Yo estaba asustada porque comprendía que, en las calles del Village, Fonny y yo estábamos totalmente solos. Nadie se preocupaba por nosotros; allí no había nadie que nos quisiera.

Bell me habló una vez. Yo llegaba tarde a casa de Fonny, a la salida del trabajo. Me sorprendió verlo allí porque yo acababa de salir del metro de la calle Catorce con la Octava Avenida, y él solía estar en las inmediaciones de Bleecker y MacDougal. Yo iba resoplando y jadeando por la avenida, con un paquete de cosillas que les había birlado a los judíos, cuando lo vi caminar muy despacio en dirección a mí. Durante un instante tuve miedo, porque todo lo que había en el paquete –cola, grapas, acuarelas, papel, chinchetas, clavos, bolígrafos– era robado. Pero él no podía saberlo, y además ya lo odiaba demasiado como para que me importara. Caminé hacia él, él caminó hacia mí. Empezaba a oscurecer; serían las siete o las siete y media. Las calles estaban llenas: hombres que regresaban a sus casas, borrachos tambaleantes, mujeres apresuradas, chavales puertorriqueños, drogadictos... y allí estaba Bell.

–¿Quieres que te lleve el paquete?

Casi se me cae de las manos. Y por poco me orino encima. Lo miré a los ojos.

–No –dije–, muchas gracias.

Hice ademán de seguir avanzando, pero se interpuso en mi camino. Volví a mirarlo a los ojos. Debía de ser la primera vez que miraba a los ojos a un blanco. Aquello me detuvo, permanecí inmóvil. No era como mirar a los ojos a un hombre. Era algo desconocido para mí y, por tanto, muy poderoso. Era una seducción que contenía la promesa de una violación. Era una violación que prometía envilecimiento y venganza: por ambas partes. Sentí el impulso de acercarme a él, penetrar en él, desgarrar esa cara y cambiarla y destruirla, hundirme en el fango con él. Entonces ambos quedaríamos libres: casi podía oír el canto.

–Bueno –dijo Bell en voz muy baja–, no vas demasiado lejos. Pero podría ayudarte a llevar ese paquete.

Todavía puedo vernos en aquella avenida repleta de gente apresurada a la luz del crepúsculo: yo con mi paquete y mi bolso, mirándolo fijamente; él mirándome fijamente. De repente era suya: me invadió una desolación que nunca antes había sentido. Miraba sus ojos, los labios húmedos, infantiles, ansiosos, y sentía su sexo endureciéndose contra mí.

–No soy un mal tipo –dijo–. Díselo a tu amigo. No tienes por qué tener miedo de mí.

–No tengo miedo –repliqué–. Y se lo diré. Gracias.

–Buenas noches –dijo.

–Buenas noches –dije, y seguí mi camino casi a la carrera.

Nunca se lo conté a Fonny. No podía. Borré aquello de mi mente. No sé si Bell habló alguna vez con Fonny. Lo dudo.

La noche en que arrestaron a Fonny, Daniel estaba en nuestra casa. Un poco borracho. Llorando. Hablaba, una vez más, de los años pasados en la cárcel. Había visto a nueve hombres violar a un muchacho. Y a él también lo habían violado. Nunca, jamás volvería a ser el Daniel que había sido. Fonny lo abrazó justo antes de que se derrumbara. Fui a preparar café.

Entonces llegaron aporreando la puerta.

2

SIÓN

Fonny trabaja la madera. Es una madera blanda, de color pardo, que se yergue sobre su mesa. Ha decidido esculpir mi busto. La pared está cubierta de esbozos. Yo no estoy en el cuarto.

Sus herramientas están sobre la mesa. Camina alrededor de la madera, aterrado. No se atreve a tocarla. Sabe que debe hacerlo. Pero no se atreve a profanarla. La contempla una y otra vez, casi llorando. Desearía que la madera le hablara; espera que la madera le hable. Hasta que le hable, no podrá moverse. Estoy aprisionada en algún lugar del silencio de esa madera. Y Fonny también.

Toma un cincel, lo deja. Enciende un cigarrillo, se sienta en su banco, contempla la madera, toma de nuevo el cincel.

Lo deja, va a la cocina para servirse una cerveza, vuelve con la cerveza, se sienta de nuevo en el banco, contempla la madera. La madera lo contempla a su vez.

–Hija de puta –dice Fonny.

Toma una vez más el cincel y se acerca a esa madera que espera. La roza suavemente con la mano, la acaricia. Escucha. Apoya, de un modo provocativo, el cincel contra la madera. El cincel comienza a moverse. Fonny empieza.

Y despierta.

Está solo en la celda, en el último piso de la cárcel. Es algo provisional. Pronto lo mandarán abajo, a una celda más grande, con otros hombres. Hay un inodoro en un rincón de la celda. Apesta.

Y Fonny apesta.

Bosteza, apoya la nuca en las manos y se vuelve, furiosamente, en el estrecho catre. Aguza el oído. No sabe qué hora es, pero poco importa. Las horas son todas iguales, los días son todos iguales. Mira sus zapatos, que no tienen cordones, en el suelo junto al camastro. Trata de encontrar algún motivo para explicarse por qué está ahí, algún motivo para moverse, o no moverse. Sabe que debe hacer algo para no ahogarse en ese sitio, y todos los días lo intenta. Pero no lo consigue. No puede retraerse en sí mismo ni salir de sí mismo. Está suspendido en el vacío, paralizado. Paralizado por el miedo. Se levanta, va hacia el rincón y orina. La cisterna no funciona bien, la taza pronto se desbordará. No sabe cómo puede remediarlo. Tiene miedo, ahí arriba, solo. Pero también tiene miedo del momento en que lo bajarán junto a los otros, esos que ve a la hora de las comidas, que se lo quedan mirando. Sabe quiénes son, los ha visto a todos antes, y si se los encontrara fuera sabría qué decirles. Pero ahí no sabe nada, está abotargado, totalmente aterrorizado. Ahí está a merced de cualquiera, y también a merced de esa piedra y ese hierro que lo rodean. Allá fuera no es joven. Ahí dentro comprende que es joven, muy joven, demasiado joven. ¿Envejecerá en ese lugar?

Mira a través de la minúscula abertura en la puerta de la celda, hacia lo poco que ve del corredor. Todo está tranquilo y en silencio. Debe de ser muy temprano. Se pregunta si es el día en que lo llevarán a las duchas. Pero no sabe qué día es hoy, no puede recordar cuánto hace que lo llevaron a las duchas. «Hoy se lo preguntaré a alguien –piensa–, y entonces me acordaré. Tengo que obligarme a recordar. No puedo abandonarme así.» Intenta recordar todo lo que ha leído sobre la vida en las cárceles. No puede recordar nada. Su mente está vacía como una caracola, resuena como una caracola, con un sonido sin sentido, sin preguntas, sin respuestas, sin nada. Y apesta. Bosteza de nuevo, se rasca, se estremece, hace un enorme esfuerzo para reprimir un grito, agarra los barrotes del alto ventanuco y mira hacia arriba, hacia el pequeño trozo de cielo que puede ver. El contacto del hierro lo calma un poco; la piedra fría y rugosa contra su piel lo conforta un poco. Piensa en Frank, su padre. Piensa en mí. Se pregunta qué estaremos haciendo en ese preciso instante. Se pregunta qué estará haciendo el mundo entero, su mundo, sin él, por qué lo habrán abandonado ahí solo, quizá hasta morir. El cielo es del mismo color que el hierro; las pesadas lágrimas ruedan por la cara de Fonny, haciendo que le pique la barba crecida. No puede reunir fuerzas porque no puede explicarse por qué está ahí.

Vuelve a acostarse en el catre. Le quedan cinco cigarrillos. Sabe que por la tarde le llevaré más tabaco. Enciende uno, mirando la tubería del techo. Se estremece. Trata de serenarse. «Es solo un día más. No desesperes. Tranquilízate.»

Da una calada al cigarrillo. Su miembro se endurece. Distraídamente, empieza a acariciarlo por dentro de los calzoncillos; es su único amigo. Aprieta los dientes, se resiste, pero es joven y está solo, abandonado. Se acaricia suavemente, como si rezara, cerrando los ojos. El miembro rígido responde, ardiendo, y Fonny suspira, vuelve a dar una calada al cigarrillo. Se detiene, pero su mano se niega a parar, no quiere parar. Se muerde el labio inferior, en un esfuerzo por... pero la mano sigue moviéndose. Se quita los calzoncillos, se sube la manta hasta la barbilla. La mano sigue moviéndose, se cierra, aprieta, se mueve cada vez más rápido mientras el cuerpo de Fonny se eleva y desciende. Oh. Trata de no pensar en nadie, trata de no pensar en mí, no quiere que yo tenga ninguna relación con esa celda o con ese acto. Oh. Y se vuelve, arqueándose, retorciéndose, y su vientre empieza a estremecerse. Oh. Grandes lágrimas anegan sus ojos. No quiere que acabe. Debe acabar. Oh. Oh. Oh. Deja caer el cigarrillo al suelo de piedra, se abandona por completo, imagina que unos brazos humanos lo rodean, gime, está a punto de gritar, el miembro ardiente y cada vez más rígido lo hace arquearse, sus piernas se tensan. Oh. No quiere que acabe. Debe acabar. Gime. Es increíble. Su sexo tiembla, explota, arroja un chorro sobre su mano y su vientre y sus testículos. Suspira; después de un momento muy largo, abre los ojos y la celda se desploma sobre él, hierro y piedra, recordándole que está solo.

Lo bajan para venir a verme a las seis.

Se acuerda de levantar el teléfono.

–¡Hola! –Sonríe–. ¿Cómo estás, nena? Cuéntame algo.

–Sabes que no tengo nada que contarte. ¿Cómo estás?

Besa el cristal. Beso el cristal.

Pero no parece estar muy bien.

–Hayward vendrá a verte mañana a primera hora. Cree que por fin ha conseguido fijar la fecha para el juicio.

–¿Para cuándo?

–Pronto. Muy pronto.

–¿Qué significa «pronto»? ¿Mañana? ¿El mes que viene? ¿El próximo año?

–Fonny... Si no estuviera segura de que va a ser pronto, no te lo diría. Y Hayward me ha asegurado que podía decírtelo.

–¿Antes de que nazca el niño?

–Oh, sí, antes de que nazca.

–¿Y cuándo nacerá?

–Pronto.

Entonces le cambia la cara y se echa a reír. Hace un gesto burlón de amenaza con el puño.

–¿Y cómo está? El niño, digo...

–Vivito y coleando. Y pataleando. Puedes creerme.

–Te está dando mala vida, ¿eh? –Vuelve a reír–. Pobre Tish...

Su cara vuelve a cambiar, la inunda una luz distinta: ahora está muy hermoso.

–¿Has visto a Frank?

–Sí. Está haciendo muchas horas extra. Vendrá mañana.

–¿Contigo?

–No. Con Hayward. Por la mañana.

–¿Y cómo está?

–Está bien, cariño.

–¿Y mis dos horribles hermanas?

–Como siempre.

–¿No se han casado todavía?

–No, Fonny, todavía no.

Espero la próxima pregunta:

–¿Y mi madre?

–No la he visto. Evidentemente. Pero al parecer está muy bien.

–Su débil corazón aún no ha acabado con ella, ¿eh? ¿Y tu madre ha vuelto ya de Puerto Rico?

–Aún no. Pero tiene que estar al caer.

Su cara vuelve a cambiar.

–Pero... si esa chica sigue diciendo que la violé... nunca conseguiré salir de aquí.

Enciendo un cigarrillo, lo apago. El bebé se mueve, como si quisiera salir a echarle un vistazo a su padre.

–Mamá cree que Hayward puede demostrar que miente. Al parecer, es una tía bastante histérica. Y por lo visto hace también trabajillos como prostituta. Eso no la ayudará mucho. Y... tú eras lo más negro que había en la rueda de reconocimiento aquella mañana. Había algunos chicos blancos y un puertorriqueño, y un par de tipos bastante morenos... pero tú eras el único negro.

–No sé muy bien qué quiere decir eso.

–Bueno, entre otras cosas, quiere decir que el caso puede anularse. Ella dice que la violó un negro, y por eso pusieron a un solo negro en la rueda, junto a un montón de tipos paliduchos. Así que, naturalmente, ella te señaló a ti. Si buscaba a un tipo negro, sabía que no podía ser ninguno de los otros.

–¿Y qué hay de Bell?

–Bueno, como te conté, ya había matado a un muchacho negro. Y Hayward se asegurará de que el jurado lo sepa.

–Joder. Si el jurado lo sabe, probablemente querrán darle una medalla. Está limpiando la calle de maleantes...

–Fonny, no tienes que pensar así. Cariño... Cuando toda esta mierda empezó, decidimos que viviríamos día a día, sin perder la cabeza y tratando de no pensar en lo que podría pasar más adelante. Sé muy bien a lo que te refieres, cariño, pero no sirve de nada pensar así...

–¿Me echas de menos?

–Oh, Dios, sí. Por eso no tienes que perder la cabeza. ¡Estoy esperándote, el niño está esperándote!

–Perdóname, Tish, perdóname. Voy a tranquilizarme. Lo haré. Pero a veces cuesta mucho, porque aquí no hay nada que hacer… ¿sabes? Y ocurren cosas en mi interior que no puedo entender, como que empiezo a ver cosas que nunca había visto antes. Ni siquiera sé cómo describir esas cosas, y tengo miedo. No soy tan duro como me pensaba. Y soy más joven de lo que creía. Pero voy a tranquilizarme. Te lo prometo, Tish. Cuando salga de aquí, seré mejor persona que cuando entré. Te lo prometo. Lo sé, Tish. Quizá había algo que tenía que ver y… nunca lo habría visto si no me hubieran metido aquí. Quizá. Quizá sea eso. Oh, Tish, ¿me quieres?

–Te quiero. Te quiero. Tienes que tener muy claro que te quiero, del mismo modo que sabes que ese pelo tan rizado te crece en la cabeza.

–¿Estoy horrible?

–Bueno, si pudiera ponerte las manos encima… Pero para mí estás guapísimo.

–Ojalá yo también pudiera ponerte las manos encima.

Se produce un silencio y nos miramos. Seguimos mirándonos cuando la puerta se abre detrás de Fonny y aparece el hombre. Ese es siempre el momento más terrible, cuando Fonny tiene que levantarse y darse la vuelta, y yo tengo que levantarme y darme la vuelta. Pero Fonny está tranquilo. Se levanta y alza el puño. Sonríe y se queda un momento mirándome a los ojos. Algo fluye de él hacia mí: es amor y es coraje. Sí. Sí. De algún modo lo conseguiremos. De algún modo. Me levanto, sonrío y alzo el puño. Fonny se vuelve hacia el infierno. Yo camino hacia el Sáhara.

Los errores de cálculo de este mundo son infinitos. El fiscal, la acusación, el Estado –¡el Pueblo contra Alonzo Hunt!– se las han arreglado para atenazar, aislar o intimidar a cada uno de los testigos favorables a Alonzo Hunt. Pero también la han jodido con su principal testigo, como nos informa una enflaquecida Sharon la noche que Ernestine pide prestados el coche y el chófer de la actriz para ir a buscar a mamá al aeropuerto Kennedy:

–Esperé dos días más. Pensé: «No puedo volver así. Este asunto no puede acabar así». Jaime me dijo que sí, que podría, que acabaría así. Para entonces, toda la isla estaba al corriente de la historia. Todos la conocían. Y Jaime la conocía mejor que yo misma. Me dijo que me estaban siguiendo a todas partes, que nos estaban siguiendo a todas partes. Y una noche, en el taxi, me lo demostró. Ya os lo contaré más adelante.

La cara de mamá… también ella está viendo algo que nunca ha visto antes.

–Yo no podía seguir dejándome ver por allí. Y durante los dos últimos días, Jaime tuvo que convertirse en mi espía. La gente conoce su taxi mejor que a él, no sé si me entendéis. La gente siempre conoce mejor el exterior que el interior. Si ven que llega su taxi, pues bueno, ese es Jaime. No miran en el interior.

La cara de Sharon… y la cara de Joseph.

–Así que le pidió prestado el coche a alguien. De ese modo no podían verlo llegar. Y para cuando lo hubieran visto, tampoco importaría demasiado, porque yo no iba con él. Jaime era parte del paisaje, como el mar, como un montón de basura: era algo que conocían de toda la vida. No necesitaban mirarlo. Yo nunca había pensado en ello de esa manera. Quizá la gente no se atrevía a mirarlo, como no mira un montón de basura, como no se mira a sí misma… como nosotros no miramos. Nunca había pensado en ello de esa manera. Nunca. Yo no hablo español y ellos no hablan inglés. Pero todos estamos en el mismo montón de basura. Por el mismo motivo.

Sharon me mira.

–Y por el mismo motivo, nunca había pensado en ello de esa manera. El que descubrió América merecería que lo arrastraran de vuelta a su patria, encadenado, para morir allá.

Me mira de nuevo.

–Tú encárgate de que ese niño nazca sano y salvo, ¿me oyes? –Y sonríe. Sonríe. Está muy cerca de mí. Y está muy lejos–. No permitiremos que nadie ponga cadenas a ese niño. Eso es todo.

Se levanta y camina por la cocina. Nosotros la miramos: ha perdido peso. Tiene en la mano un zumo de naranja con ginebra. Sé que todavía no ha abierto su equipaje. Y, al verla luchar contra las lágrimas, me doy cuenta de que, en realidad, después de todo, es joven.

–En fin... Él estaba allí, Jaime, cuando se llevaron a la chica. No paraba de gritar. Había tenido un aborto. Pietro la bajó por las escaleras llevándola en brazos. Había empezado a sangrar.

Sharon toma un trago. Se detiene ante nuestra ventana, a solas consigo misma.

–La llevaron a las montañas, a un lugar llamado Barranquitas. Tienes que saber muy bien dónde queda para poder llegar allí. Jaime dice que no volverán a verla nunca más.

Eso puede cambiar la marcha del juicio, ya que la acusación se ha quedado sin su testigo principal. Nos queda una débil esperanza en Daniel, pero, aunque supiéramos dónde se encuentra, ninguno de nosotros podría ir a verlo. Lo han trasladado a otra prisión al norte del estado. Hayward trata de localizarlo, sigue trabajando en el caso.

La acusación pedirá postergar el juicio. Nosotros pediremos que se retiren los cargos y se desestime el caso; pero tenemos que prepararnos para pagar la fianza: si el Estado la concede, y si conseguimos juntar el dinero.

–Muy bien –dice Joseph.

Se levanta, va hacia la ventana y se para junto a Sharon, aunque no la toca. Los dos contemplan su isla.

–¿Estás bien? –pregunta Joseph.

–Sí, estoy bien.

–Entonces vamos a acostarnos. Estás cansada. Y has estado demasiado tiempo fuera.

–Buenas noches –dice Ernestine con firmeza.

Sharon y Joseph, con los brazos alrededor del otro, recorren el pasillo hacia su dormitorio. En cierto modo, Ernestine y yo somos ahora sus mayores. Y el niño vuelve a dar patadas. Tiempo.

Pero el efecto que todo esto produce en Frank es catastrófico, y es Joseph quien debe llevarle la noticia. Además, los horarios de ambos son ahora tan erráticos que debe comunicárselo en su casa.

Sin decir una sola palabra, Joseph se las ha arreglado para prohibirnos a Ernestine y a mí que contemos nada a los Hunt.

Es cerca de medianoche.

La señora Hunt está en la cama. Adrienne y Sheila acaban de regresar, están de pie en la cocina, en camisón, riendo y tomando Ovaltine. El trasero de Adrienne es cada vez más grande, pero lo de Sheila es un caso perdido. Le han dicho que se parece a una actriz, Merle Oberon, a la que ha visto en el *Late Late Show*, y se ha depilado las cejas para parecérsele más, aunque ha logrado el efecto opuesto. Al menos a la Oberon esa le pagaban por su inquietante semejanza con un huevo.

Joseph tiene que llegar a su trabajo en el puerto casi de madrugada, de modo que no tiene tiempo que perder. Tampoco Frank, que debe estar en el centro a primera hora.

Frank pone una cerveza ante Joseph y se sirve un poco de vino. Joseph toma un trago de su cerveza. Frank toma un sorbo de su vino. Los dos se miran durante un momento bastante incómodo, conscientes de las risas de las mujeres en la cocina. Frank querría hacerlas callar, pero no puede apartar los ojos de los de Joseph.

–¿Bueno…? –dice Frank.

–Agárrate fuerte. Vas a caerte de espaldas. Han postergado el juicio porque la chica puertorriqueña, figúrate, ha perdido a su hijo y parece que también ha perdido la cabeza, se ha vuelto medio loca… Está en algún lugar en las montañas de

Puerto Rico, de donde no puede moverse y a donde resulta casi imposible ir a verla. Así que no puede venir a Nueva York, y por eso el Estado quiere que se retrase el juicio... hasta que ella pueda.

Frank no dice nada.

–¿Entiendes lo que te digo? –pregunta Joseph.

Frank sorbe su vino y responde en voz baja:

–Sí, entiendo.

Oyen los cuchicheos de Sheila y Adrienne en la cocina: ese ruido está a punto de enloquecer a los dos hombres.

–¿Me estás diciendo que van a dejar a Fonny en la cárcel hasta que esa chica recobre el juicio? –pregunta Frank. Toma otro trago, mira a Joseph–. ¿Es eso?

Algo en el aspecto de Frank empieza a asustar a Joseph, pero no sabe qué es.

–Bueno... Eso es lo que ellos quieren hacer. Pero quizá podamos sacar a Fonny, bajo fianza.

Frank no dice nada. Las chicas ríen en la cocina.

–¿Cuánto es la fianza?

–No lo sabemos. Aún no han fijado la suma.

Bebe la cerveza cada vez más asustado, con gesto sombrío pero profundo.

–¿Cuándo la fijarán?

–Mañana. Pasado mañana. –Tiene que decirlo–: Si...

–Si ¿qué?

–Si aceptan nuestro alegato. Quizá nos nieguen la posibilidad de la fianza. –Hay algo más que debe decir–. Además... aunque no creo que llegue a pasar, pero conviene ponerse siempre en lo peor... quizá intenten agravar la acusación contra Fonny, porque la chica perdió a su hijo y parece haberse vuelto loca.

Silencio; y las risitas en la cocina.

Joseph se rasca una axila, observando a Frank. Joseph está cada vez más incómodo.

–Así que estamos jodidos –dice por fin Frank con gélida serenidad.

–¿Por qué dices eso, hombre? La cosa está difícil, lo admito, pero aún no se ha acabado.

–Oh, sí, se ha acabado. Lo tienen bien pillado. No lo dejarán salir hasta que lo tengan todo atado. Y todavía no lo tienen. Y nosotros no podemos hacer nada.

El miedo hace gritar a Joseph:

–¡Tenemos que hacer algo!

Oye su propia voz retumbando contra las paredes, contra las risitas que llegan desde la cocina.

–¿Y qué podemos hacer?

–Si nos conceden la fianza, si conseguimos juntar el dinero…

–¿Cómo?

–¡Tío, no sé cómo! ¡Solo sé que tenemos que hacerlo!

–¿Y si no nos conceden la fianza?

–¡Lo sacaremos de todos modos! ¡No me importa lo que haya que hacer para sacarlo!

–¡A mí tampoco! Pero ¿qué podemos hacer?

–Sacarlo. Eso es lo que debemos hacer. Los dos sabemos que Fonny no tiene que estar allí. Y esos mentirosos hijos de puta también lo saben. –Se levanta. Tiembla. La cocina está en silencio–. Mira. Entiendo lo que quieres decir. Estás diciendo que nos tienen agarrados por las pelotas. Pero Fonny es sangre de nuestra sangre. Sangre de nuestra sangre. No sé cómo vamos a hacerlo. Solo sé que tenemos que hacerlo. Sé muy bien que no tienes miedo por ti mismo, y Dios sabe que yo tampoco lo tengo. El muchacho tiene que salir de allí. Eso es todo. Y nosotros tenemos que sacarlo. Eso es todo. Y lo primero que debemos hacer, tío, es no perder la calma. No podemos permitir que esos cara de culo hijos de puta se salgan con la suya. –Se deja caer en la silla, bebe un trago de cerveza–. Ya hace demasiado tiempo que están matando a nuestros hijos.

Frank mira hacia la puerta abierta de la cocina, donde ahora están sus dos hijas.

–¿Va todo bien? –pregunta Adrienne.

Frank arroja el vaso de vino contra el suelo, que estalla en mil pedazos.

–¡Vosotras dos, atontadas de coño blancucho, fuera de mi vista! ¿Me oís? ¡Fuera de mi vista! Si fuerais dos mujeres de verdad estarías vendiendo el coño en la calle para salvar a vuestro hermano, en vez de regalárselo a esos maricas imbéciles que siempre están husmeando a vuestro alrededor con un libro bajo el brazo. ¡A la cama! ¡Fuera de mi vista!

Joseph mira a las dos hermanas. Ve algo muy extraño, algo que nunca habría imaginado: ve que Adrienne quiere a su padre con un amor desesperado. Ella sabe que él sufre. Lo calmaría si pudiera, pero no sabe cómo. Daría cualquier cosa por saberlo. Lo que Adrienne ignora es que, a Frank, ella le recuerda a su madre.

Sin decir palabra, baja los ojos y se va. Sheila la sigue.

El silencio es inmenso, se extiende infinitamente. Frank hunde la cabeza entre sus manos. Entonces Joseph comprende que Frank quiere a sus hijas.

Frank no dice nada. Sus lágrimas caen sobre la mesa, resbalando por las palmas con que se ha cubierto la cara. Joseph mira: las lágrimas se deslizan por la palma hacia las muñecas hasta caer –con un ruido leve, muy leve, intolerable– sobre la mesa. Joseph no sabe qué decir, pero al final dice:

–No es momento de llorar, hombre. –Apura la cerveza. Observa a Frank–. ¿Estás bien?

–Sí. Estoy bien –dice al fin Frank.

–Trata de dormir un poco. Tenemos que levantarnos temprano. Hablaremos mañana después del trabajo. ¿De acuerdo?

–Sí –dice Frank–. De acuerdo.

Cuando Fonny se entera de que han postergado el juicio, y se entera de por qué, y comprende qué consecuencias puede tener para él la tragedia de Victoria –soy yo quien se lo dice–, algo muy extraño, aunque maravilloso, ocurre en él. No es que renuncie a la esperanza, pero deja de aferrarse a ella.

–Está bien –es todo cuanto dice.

Tengo la sensación de que veo por primera vez sus pómulos altos, y quizá sea cierto, ha perdido mucho peso. Me mira fijamente, me traspasa con la mirada. Sus ojos son enormes, profundos y oscuros. Me siento a la vez aliviada y asustada. Fonny se ha apartado: no para alejarse de mí, pero se ha apartado. Está en un lugar donde yo no estoy.

Y mirándome con esos ojos enormes, graves, me pregunta:

–¿Estás bien?

–Sí, estoy bien.

–¿El niño está bien?

–Sí, el niño está bien.

Sonríe. De algún modo, su sonrisa siempre es como un shock para mí. Siempre veré el espacio donde estaba el diente perdido.

–Bueno, yo también estoy bien. No te preocupes. Volveré a casa. Volveré a casa, contigo. Te quiero entre mis brazos. Quiero tus brazos rodeándome. Quiero tener a nuestro hijo en mis brazos. Es como tiene que ser. No pierdas la fe.

Sonríe de nuevo y todo se remueve en mi interior. Oh, amor. Amor.

–No te preocupes. Volveré a casa.

Sonríe una vez más, se levanta y se despide. Me mira fijamente, con una expresión que nunca he visto en ningún rostro. Se toca la cara, brevemente, se inclina para besar el cristal. Beso el cristal.

Ahora Fonny sabe por qué está ahí, por qué está donde está; ahora se atreve a mirar a su alrededor. No está ahí por algo que haya hecho. Lo ha sabido desde siempre, pero ahora lo sabe de otro modo distinto. Durante las comidas, en las duchas, cuando sube y baja la escalera, por la noche, justo antes de que vuelvan a encerrarlos, mira a los demás, escucha: ¿qué han hecho ellos? No mucho. Hacer mucho es tener el poder para encerrar a esos hombres donde están, para mantenerlos donde están. Esos hombres cautivos son el precio oculto de una mentira oculta: los justos deben ser capaces de señalar a los condenados. Hacer mucho es tener el poder y la necesidad de dominar a los condenados. Pero esto, piensa Fonny, funciona en ambos sentidos. «O estás fuera o estás dentro. Muy bien. Ahora lo entiendo. Hijos de puta. A mí no me colgaréis.»

Le llevo libros, y lee. Conseguimos hacerle llegar papel, y dibuja. Ahora que sabe dónde está empieza a hablar con los otros hombres procurando sentirse, por así decirlo, en casa. Sabe que allí puede ocurrirle cualquier cosa. Pero, precisamente porque lo sabe, ya no puede volver la espalda: tiene que afrontar todo eso, y hasta burlarse, jugar, atreverse.

Está incomunicado porque se niega a que lo violen. Ha vuelto a perder un diente y casi pierde un ojo. Algo se endurece en él, algo cambia en él para siempre, sus lágrimas se congelan en su vientre. Pero ha saltado desde el promontorio de la desesperación. Está luchando por su vida. Ve ante él el rostro de su hijo, tiene una cita a la que no puede faltar, y mientras está allí, hundido en la mierda, sudando y apestando, jura que estará presente cuando su hijo llegue.

Hayward logra que le concedan la fianza a Fonny. La cifra es demasiado alta. Mientras tanto, ha llegado el verano: tiempo.

Un día que nunca olvidaré, Pedrito me llevó a casa en coche desde el restaurante español. Pesada, terriblemente pesada, fui hasta mi sillón y me senté.

El niño estaba inquieto y yo tenía miedo. Me faltaba ya muy poco. Me sentía tan cansada que casi tenía ganas de morirme. No había podido ver a Fonny en mucho tiempo porque estaba incomunicado. Ese día lo había visto. Estaba tan flaco, tan demacrado... Casi grité. ¿A quién, dónde? Vi esa pregunta en los enormes ojos rasgados y oscuros de Fonny: ojos que ardían, ahora, como los de un profeta. Sin embargo, cuando sonrió reconocí a mi amado, pero como si lo viera por primera vez.

–No eres más que piel y huesos –dije–. Señor, ten piedad...

–Llámalo, si quieres. No te oirá.

Pero lo dijo con una sonrisa.

–Ya casi tenemos el dinero para pagar la fianza.

–Sabía que lo conseguiríais.

Nos sentamos y nos quedamos mirándonos. Hacíamos el amor a través de todo aquel cristal y aquel hierro y aquella piedra.

–Escucha, pronto estaré fuera. Vuelvo a casa porque me alegro de haber venido aquí. ¿Lo entiendes?

Lo miré a los ojos.

–Sí –dije.

–Ahora soy un artesano –dijo Fonny–. Soy alguien que hace... mesas. No me gusta la palabra «artista». Quizá nunca lo fui. Te aseguro que no sé qué carajo quiere decir. Soy un tipo que trabaja desde las pelotas, con sus manos. Ahora sé de qué va realmente esto. Creo que lo sé de veras. Aunque me hunda. Pero creo que no me hundiré. Ahora.

Está muy lejos de mí. Está conmigo, pero está muy lejos. Y, a partir de ahora, lo estará siempre.

–Te seguiré a donde me lleves –le dije.

Fonny se ríe.

–Nena. Nena. Nena. Te quiero. Voy a hacer una mesa y un montón de gente comerá en ella durante mucho, mucho tiempo.

Desde mi sillón, miraba por la ventana hacia aquellas calles terribles.

El niño preguntaba:

«¿No hay un solo justo entre ellos?».

Y daba patadas, pero de un modo terriblemente distinto, y supe que casi había llegado el momento. Recuerdo que miré mi reloj: eran las ocho menos veinte. Estaba sola, pero sabía que pronto alguien entraría por la puerta. El niño volvió a dar patadas, y contuve el aliento y casi lloré. Entonces sonó el teléfono.

Crucé el cuarto, pesada, terriblemente pesada, y descolgué el auricular.

–¿Sí…?

–Hola… ¿Tish? Soy Adrienne.

–¿Cómo estás, Adrienne?

–Tish… ¿Has visto a mi padre? ¿Está ahí?

Su voz casi hace que me desplome. Nunca había oído tanto terror.

–No. ¿Por qué?

–¿Cuándo lo viste por última vez?

–Bueno… yo no lo he visto. Sé que Joseph lo ha visto. Pero yo no.

Adrienne estaba llorando, un sonido espantoso a través del teléfono.

–¡Adrienne! ¿Qué pasa? ¡Dime qué pasa!

Y recuerdo que en ese instante todo quedó en suspenso. El sol no se movió y la tierra no se movió, y el cielo miró hacia abajo, esperando, y yo me llevé la mano al corazón para hacer que empezara a latir de nuevo.

–¡Adrienne! ¡¡¡Adrienne!!!

–Tish… A mi padre lo despidieron del trabajo hace dos días… Lo acusaron de estar robando y lo amenazaron con meterlo en la cárcel. Estaba desesperado, por Fonny y todo lo demás, y llegó a casa borracho, insultando a todo el mundo, y después se fue y no hemos vuelto a verlo… Tish, ¿no sabes dónde está mi padre?

–Adrienne, querida, no lo sé. Juro por Dios que no lo sé. No lo he visto.

–Tish, sé que no te caigo bien…

–Adrienne, tú y yo nos hemos peleado, pero eso no significa nada. Es normal. Eso no significa que no me caigas bien. Nunca haría nada que te perjudicara. Eres la hermana de Fonny. Y si lo quiero a él, tengo que quererte a ti. ¿Adrienne…?

–Si lo ves, ¿me llamarás?

–Sí. Sí. Claro que sí.

–Por favor. Por favor. Estoy muy asustada –dijo Adrienne en voz muy baja y en un tono totalmente distinto, y colgó.

Colgué yo también, y entonces oí la llave en la cerradura y mamá entró.

–Tish, ¿qué te pasa?

Volví al sillón y me senté.

–Era Adrienne. Buscaba a Frank. Ha dicho que lo han despedido del trabajo y que estaba fuera de sí. Y Adrienne... esa pobre chica está destrozada. Mamá... –Nos miramos: la cara de mamá estaba tan inmóvil como el cielo–. ¿Papá no lo ha visto?

–No lo sé. Pero Frank no ha venido por aquí.

Dejó la bolsa de la compra sobre el televisor, se acercó a mí y me puso una mano en la frente.

–¿Cómo te sientes?

–Cansada. Rara.

–¿Quieres que te sirva un poco de coñac?

–Sí, gracias, mamá. Puede que sea buena idea. Tal vez me arregle el estómago.

Mamá fue a la cocina y volvió con un vaso de coñac y me lo puso en la mano.

–¿Tienes el estómago revuelto?

–Un poco. Ya se me pasará.

Di un sorbo al coñac y miré el cielo. Sharon me observó un instante y volvió a irse. Miré el cielo. Era como si tuviera algo que decirme. Me sentía en un lugar extraño, sola. Todo estaba inmóvil. Hasta el niño.

Sharon volvió.

–¿Has visto a Fonny hoy?

–Sí.

–¿Cómo está?

–Muy guapo. Le han pegado, pero sigue entero... no sé si me entiendes. Está muy guapo.

Pero me sentía tan cansada que apenas podía hablar. Algo estaba a punto de sucederme. Eso sentía, sentada allí en el sillón, mirando al cielo, sin poder moverme. Solo podía esperar.

«Hasta que llegue mi transformación.»

–Creo que Ernestine ha conseguido el resto del dinero –dijo Sharon, y sonrió–. Se lo ha dado la actriz.

Antes de que pudiera contestarle, sonó el timbre y Sharon fue hacia la entrada. Algo en su voz, al abrir la puerta, me hizo levantarme de un salto y se me cayó el vaso de coñac al suelo. Aún recuerdo la cara de Sharon, de pie detrás de mi padre, y recuerdo la cara de mi padre.

Joseph nos dijo que habían encontrado a Frank río arriba, lejos, lejos, muy lejos, en los bosques, sentado en su coche, con las puertas cerradas y el motor en marcha.

Me desplomé en el sillón.

–¿Lo sabe Fonny?

–Creo que no. Todavía no. No lo sabrá hasta mañana.

–Tengo que decírselo.

–No podrás ir allá hasta mañana, hija.

Joseph se sentó.

Sharon me preguntó de repente:

–¿Cómo te sientes, Tish?

Abrí la boca para decir... no sé qué. Cuando abrí la boca, no pude respirar. Todo desapareció, salvo los ojos de mi madre. Una increíble inteligencia llenó el aire entre nosotras. Entonces solo vi a Fonny. Y grité. Había llegado mi hora.

Fonny trabaja la madera, la piedra, silbando, sonriendo. Y, desde muy lejos, pero cada vez más cerca, mi hijo llora y llora y llora y llora y llora y llora y llora y llora, llora como si quisiera despertar a los muertos.

Día de la Hispanidad, 12 de octubre de 1973,
St. Paul de Vence

El blues de Beale Street de *James Baldwin*
se terminó de imprimir en Junio de 2024
en los talleres de Corporativo Prográfico, S.A. de C.V.,
Calle Dos Núm. 257, Bodega 4, Col. Granjas San Antonio,
C.P. 09070, Alcaldía Iztapalapa, Ciudad de México.